AF194615

Rüdiger Schneider

Petermanns Sprung

Personen und Handlung sind frei erfunden, Ähnlichkeiten oder gar Übereinstimmungen mit Namen rein zufällig.

Rüdiger Schneider

Petermanns Sprung

Novelle

Bibliografische Information der Deutschen Nationalbibliothek: Die Deutsche Nationalbibliothek verzeichnet diese Publikation in der Deutschen Nationalbibliografie; detaillierte bibliografische Daten sind im Internet über http://dnb.d-nb.de abrufbar.

© Rüdiger Schneider 2022
Coverfoto: www.shutterstock.com - 458569528

Herstellung und Verlag: BoD – Books on Demand, Norderstedt

ISBN: 9783753453811

1

„Ich habe einen Mord begangen", gestand mir Klaus Petermann eines Tages lächelnd.

Ich sah ihn ungläubig und erschrocken an. „Nein, nein!" sagte er. „Nicht so, wie du denkst. Es ist mehr metaphorisch. Es ist der Tod einer Bestie, die mir auf der Schulter saß."

„Ach so!" meinte ich erleichtert. „Konnte ich mir bei dir auch nicht anders vorstellen. Aber einen ersten Schrecken hast du mir trotzdem eingejagt."

Als Erzähler dieser kleinen Geschichte und als Nachbar von Herrn Petermann gehe ich zunächst in die Vergangenheit, damit die Leser mit den Figuren und den Umständen vertraut werden. Petermann hat mir die Erlaubnis gegeben, alles so schonungslos zu berichten, wie es war.

„Schreib, was du willst!" erklärte er. Was soll mir schon passieren!? Was die Leute denken mögen, ist mir ziemlich egal."

Nun, Ort der Handlung ist Bad Breisig, ein kleiner Ort am Mittelrhein. Er liegt ziemlich genau in der Mitte zwischen Bonn und Koblenz. Was den Ort auszeichnet: Er ist irgendwie überaltert, dient als letzte Residenz verrenteter Senioren. Weshalb böse Zungen auch sagen: Bad Greisig. Er ist sozusagen letzte Station auf dem Weg in den Ruhewald, wo sich die Asche der Verstorbenen mit einem Baum vereinigt. Der Baum freut sich und wächst ein Stück weiter dem Licht entgegen.

Die B9 zerschneidet mit ihrem lauten und zur Zeit stockenden Verkehr den Ort. Man hat es aus Geiz oder auch aus Dummheit versäumt, einen Tunnel zu bauen, so wie man das etwa bei dem nahen Bad Godesberg gemacht hat. Einzig die Rheinpromenade mit ihren Hotels und Restaurants ließe sich als schön bezeichnen. Im Sommer ist sie viel besucht. Im grauen deutschen Winter weniger. Da hat sie eine seltsame Tristesse. Munteres Leben ist dann einzig in einer Weinstube, wo ein singender Wirt seine Gäste unterhält und wo man wegen der engen Tanzgelegenheit auf seriöse oder auch unseriöse Abenteuer aus ist. „Wer da keine Frau abschleppt", hatte mir einmal ein Freund gesagt, „dem ist nicht mehr zu helfen."

Ich wohne etwas oberhalb von Bad Breisig in der Parkstraße. Auch die ist nicht besonders schön. Die viereckigen Bauten, die sich die Straße entlangziehen, sind 0815 gleichförmig. Es ist still. Ab und zu geht jemand mit einem Hund vorbei. Vor gut einem Jahr blickte ich von meinem Balkon noch auf Bäume. Die haben sie jetzt, um weiteres Bauland zu gewinnen, abgeholzt. In der stillen Straße wirkt das Leben abgewürgt, was in einem gewissen Maße der deutschen Mentalität entspricht. Jetzt in der Coronazeit kommt noch die Ängstlichkeit dazu. Wer einmal unten im Ort bei Edeka einkaufen war, kann das bestätigen. Man achtet mit Maske auf den Abstand. Was die Regierung verordnet, wird wie ein Gottesgebot befolgt. Gibt es einmal eine Übertretung, wird man sofort von seinen Mitbürgern zurechtgewiesen. Der Deutsche neigt also auch in besonderem Maße zum Gehorsam, so als hätten die Politiker die Gesetzestafeln des Moses herausgegeben.

Ich selbst ertrage den grauen deutschen Winter nicht, verschwinde lieber in das sonnige und lebendigere Spanien. Als Rentner habe ich diese Zeit und darf mich beliebig bewegen. Mit meinen 69 Jahren kann ich noch gehen, laufen, fliegen, selber Auto fahren muss keinen Rollator mit in die Maschine nehmen. Leider fahre ich Anfang November immer alleine. Es will mir nicht gelingen, eine Freundin zu finden. Offensichtlich bin ich beziehungsunfähig. Ich versage selbst in der Weinstube des singenden Wirts. Zum Tanzen bin ich zu faul und zu ungeschickt. Außerdem bin ich Raucher, was beim engen Tanzen wegen des qualmigen Gestanks nicht gut ankäme. Da lass ich es lieber. Nicht das Rauchen, sondern das Tanzen. Hobbys habe ich keine. Meistens sitze ich im Sommer auf dem Balkon, blicke in die Gegend, beobachte Vögel und grübel über den Sinn des Lebens. Da komme ich allerdings auch nicht weiter mit. Mein liebster Klang auf dem Balkon ist, wenn es beim Öffnen der Bierdose ‚klack' und ‚zisch' macht. Nach der dritten Dose ist mir der Sinn des Lebens ziemlich egal und nach der vierten und fünften sowieso. Ab und zu höre ich mit dem Biertrinken auch auf, mache eine Pause, ‚Blaupause' nenne ich das. Ich kann das sehr gut regulieren, so dass eine Abwärtsspirale, wie sie Alkoholikern droht, vermieden wird. Ich rutsche in das

Trinken rein und rutsche auch leicht wieder raus. Hobbys habe ich keine, hatte ich gesagt. Stimmt nicht so ganz. Ich würde gerne Schach spielen, finde hier aber niemanden. Bis, bis eben Klaus Petermann in die Wohnung nebenan einzog. Das war im Mai 2021.

2

Ach ja, ich hatte vergessen, meinen Namen zu sagen. Francesco Moravi. Daran sehen Sie, dass ich italienischer Abstammung bin. Mein Vater nebst Ehefrau ist Anfang der Fünfziger-Jahre von Sizilien in den Ruhrpott gezogen, um in den Pütt zu fahren und unter Tage Geld zu verdienen. Er war ein sehr disziplinierter Mensch, ist nicht mit den Kumpels saufen gegangen, hat gespart. Wir haben in Bochum gewohnt, wo ich, kaum dass die Eltern angekommen waren, geboren wurde. Nach zehn Jahren hat der Vater genug Geld gehabt, hat den Ruhrpott, der ihm nicht sonderlich gefiel, verlassen und hat in Bonn eine Eisdiele gepachtet. In Bonn bin ich auch zur Schule gegangen, schaffte mit Not das Abitur und schenkte mir die weitere Bildung, das heißt, ich habe nie eine Universität von innen gesehen. Stattdessen begann ich eine Lehre in einer Druckerei und bin da auch bis zu meiner Verrentung geblieben. Ist nicht viel passiert in meinem Leben, werden Sie denken und haben damit völlig recht.

So, nun aber zu Klaus Petermann und jenem Mai 2021, als er in das Haus, in die Wohnung nebenan einzog. Zu dem Haus muss man wissen, dass dort acht Parteien wohnen. Der Verkehr ist freundlich distanziert, aber sonst passiert da nichts. Keine Partys, keine laute Musik, kein Hanfanbau. Es ist, obgleich hellhörig, ein ruhiges Haus. Ich habe meine Wohnung möbliert gemietet, mein Nachbar Petermann auch. Sein Einzug war also sehr diskret, unspektakulär. Kein großer Möbelwagen hielt vor dem Haus. Als er mit seinem blauen Minicooper ankam, reichte das kleine Auto völlig für die paar Taschen, mit denen er umzog. Ich stand da gerade auf dem Balkon und beobachtete alles. Was das Alter betrifft, schätzte ich den neuen Nachbar auf knapp unter siebzig, was sich später, als ich ihn fragte, als richtig herausstellte. Er war 68, groß von Figur, schlank, glatzköpfig. Der Herr kam im Anzug, legte offensichtlich Wert auf ordentliche Kleidung. So etwas ist bei mir nicht der Fall. Ich trage Schlabberhosen und ungebügelte Marokkohemden. Ziehe ich die Turnschuhe aus, sieht man, dass ich keine Strümpfe ohne Löcher habe.

Eine Weile überlegte ich, ob ich mich bei meinem neuen Nachbarn vorstellen sollte, ließ es aber und dachte, das ist eher seine Sache. So vergingen Mai, Juni, Juli ohne dass man sich näher kennenlernte. Aber vom Balkon aus machte ich so meine Beobachtungen. Abwechselnd erschienen am Abend ein roter Fiat und am nächsten Abend ein blauer Citroen. Den Autos entstiegen recht hübsche Frauen, beide blond. Bei Petermann klingelte es. Etwas später erklang in seiner Wohnung Musik, die indes nicht laut genug war, um das Gestöhne zu übertönen. Es nervte. Aber in Wirklichkeit, wenn ich ehrlich bin, war ich neidisch. Am nächsten Morgen stiegen die Frauen wieder in ihr Auto, um recht bald wiederzukommen. Man stelle sich das vor: Ich saß auf dem Trockenen und nebenan ging die Post los. Könnte er mir doch eine abgeben, dachte ich. Wie schafft der das bloß? Abend für Abend, Nacht für Nacht?

Und dann kamen im August auf einmal weder der rote Fiat noch der blaue Citroen. Dafür aber ein silberfarbener Mercedes, dem eine hübsche, schwarzhaarige Südländerin entstieg. Italienerin, Portugiesin, Mexikanerin? Ich wusste es nicht. Sie fuhr am nächsten Morgen nicht mehr weg, blieb wochenlang, verschwand dann für ein paar Tage, kam wieder. Offensichtlich hatte Petermann nach seinem doppelten Abenteuer nun etwas Festes, die Richtige gefunden. Im September konnte ich meine Neugierde nicht mehr bezähmen, wartete den Moment ab, in dem Petermann auf seinem Balkon war. Beide nebeneinander liegenden Balkone sind durch eine undurchsichtige Scheibe aus Plexiglas getrennt. Eine Bierdose in der Hand beugte ich mich über das Geländer, drehte den Kopf an der Scheibe vorbei, so dass ich Einsicht in den Nachbarbalkon hatte. Petermann saß da an einem Tisch, rauchte, hatte ein Tasse mit wahrscheinlich Kaffee vor sich.

„Prost, Herr Nachbar!" sagte ich und hob zum Gruß die Dose.

„Ach, kommen Sie doch rüber!" antwortete er. „Dann können wir uns endlich mal kennenlernen. Bringen Sie Ihr Bier ruhig mit."

Das war die erste Begegnung mit Klaus Petermann. Es war Mitte September 2021. Seltsam, dass man vier Monate braucht, um mit einem neuen Nachbarn bekannt zu werden. Liegt es an der deutschen Mentalität, die zur Zurückgezogenheit neigt? Ich weiß es nicht.

3

Ich trank den Rest Bier. Mit einer Dose in der Hand bei dem neuen Nachbarn zu klingeln, erschien mir albern. Erste Eindrücke setzen sich oft für immer fest. Petermann sollte nicht denken, dass ich ein Säufer bin. Unsere erste richtige Begegnung spielte sich nicht am Nachmittag oder am Abend ab. Es war gerade mal zehn Uhr am Morgen. Wer da schon mit einer Dose Bier in der Hand herumläuft, ist verdächtig. Aber mein Tagesablauf ist etwas anders. Ich war um fünf Uhr aufgestanden, hatte wie immer zwei Tassen Kaffee getrunken, geraucht, der beginnenden Morgendämmerung zugesehen, der Himmel war klar, es würde ein schöner Tag werden, und als dann die Sonne schien, habe ich mich ein paar Stunden später auf den Balkon gesetzt und statt mich weiter mit Kaffee in einen nervösen Zustand zu versetzen, habe ich mir eben ein Döschen Bitburger aufgemacht. Na und!? Bei Petermann würde ich, wenn er mich fragt, um eine Tasse Kaffee bitten. Zwischen den Getränken Bier und Kaffee hin und her zu wechseln, fällt mir leicht. Ich bin ein Bier- und Kaffeetrinker. Schnaps vermeide ich und überhaupt alles, was über 5% Alkoholgehalt hinausgeht. Wie dramatisch es werden kann, wenn man sich Höherprozentigem zuwendet, sollte ich später noch erfahren.

Als ich nach nebenan ging, fand ich die Türe schon angelehnt. Ich klingelte aber aus Höflichkeit trotzdem. Petermann kam, zog die Türe ganz auf, gab mir die Hand.

„Willkommen! Kommen Sie rein! Wurde ja auch Zeit, dass man sich als Nachbarn kennenlernt. Ist doch einfach blöde, so anonym nebeneinander zu leben. Ich bin der Klaus."

„Francesco", sagte ich.

„Oh, Italiener?"

„Nur meine Eltern. Ich bin in Deutschland geboren, kurz nachdem sie von Sizilien in den Ruhrpott gekommen sind."

Wir gingen durch das Wohnzimmer auf den Balkon. Bei dem Gang durch das Zimmer sagte Petermann: „Ist möbliert gemietet und nicht unbedingt mein Geschmack. Aber ich finde es lästig, Möbel an der Backe zu haben. Dann fühle ich mich unfrei. Ich werde nämlich auswandern. Nach Brasilien."

„Nach Brasilien?" fragte ich erstaunt.

„Ja. Meine Freundin ist Brasilianerin. Sie ist gerade nicht da, für ein paar Tage in ihrer eigenen Wohnung. Du wirst sie kennenlernen. Übrigens, was möchtest du trinken? Es gibt Prosecco zur Begrüßung, Bier ist auch im Kühlschrank. Eine Flasche Portwein ist auch noch da."

„Lieber einen Kaffee", erklärte ich.

„Gut. Ist ja auch noch früh am Tag."

So saßen wir bei einer Tasse Kaffee auf seinem Balkon, erzählten. Petermann war nicht so adrett gekleidet, wie ich ihn beim ersten Mal gesehen hatte. Er trug keinen Anzug, sondern Jeans, ein weißes Hemd darüber, an den Füßen Sandalen.

„Du bist Rentner?" fragte er.

„Ja, seit vier Jahren. Habe mein ganzes Leben in einer Bonner Druckerei gearbeitet. Ob ich froh sein soll, dass es vorbei ist, weiß ich nicht. Gar nicht so einfach, wenn man zu viel Zeit hat. Eigentlich ein schwieriger Prozess. Man fällt in eine Leere. Man wird auf einmal nicht mehr gebraucht. Langeweile oder auch Sinnlosigkeit stellen sich ein. Wie die anderen Rentner den Rhein entlang zu radeln, dazu habe ich keine Lust. Wandern will ich auch nicht. Auf dem Sofa liegen, fernsehen oder Bücher lesen, wird auf die Dauer öde. Ich bin noch auf der Suche nach einem sinnvollen Hobby. Ehrenamtlich will ich nicht arbeiten. Da fühle ich mich vom Staat ausgenutzt. Arbeit sollte immer honoriert werden. In Afrika eine Schule spenden und mich als Wohltäter fühlen, geht auch nicht. Dazu fehlt mir das Geld."

„Verstehe", meinte Petermann. „Ich bin jetzt seit drei Jahren aus der Sklavenmühle raus, habe als Pharmareferent gearbeitet, bei den Ärzten mit meinem Köfferchen Klinken geputzt. Der Verdienst war in Ordnung, die Tätigkeit selbst hat oft Zweifel bei mir ausgelöst und auch Gewissensbisse, weil ich in mancher

Hinsicht einer weißen Mafia diente. Das ist Gott sei Dank jetzt vorbei."

„Vielleicht auch schade", meinte ich. „Könntest du dir nicht in der Coronazeit eine goldene Nase verdienen?"

„Möglich. Aber mit diesem Mist will ich nichts zu tun haben. Die Virologen entdecken täglich neue Varianten. Zum Teufel mit ihnen. Die Politiker spielen verrückt. Corona. Was ist das? Wahrscheinlich eine Grippe. Und dann dieses Theater! Einschränkung der Reisefreiheit. Überhaupt Freiheitsentzug. Maskierung. Testorgien. Eine Impfpflicht wird kommen. Von denen, die dabei draufgehen oder erst durch die Impfung krank werden, werden die Medien schweigen. Deutschland verwandelt sich in eine Psychiatrie, in ein Land der Ängstlichkeit. Die Depressionen und sogenannten Kollateralschäden nehmen sichtbar zu. Das wird nicht gutgehen. Deswegen will ich weg. In Brasilien geht man gelassener und menschenfreundlicher damit um. Den Latinos kann man keine Kontaktbeschränkungen aufzwingen. Aber lassen wir dieses Thema. Ich kann es nicht mehr hören und will über diesen Blödsinn nicht mehr nachdenken. Sonst werde ich selber noch depressiv und nicht mehr richtig im Kopf."

Eine ganze Stunde erzählten wir uns Episoden aus unserer Biographie. Von der Kindheit bis ins Rentenalter. Dann kam plötzlich Petermanns Frage: „Hast du eigentlich eine Freundin?"

4

Wir waren jetzt bei einem Thema, über das Männer gerne reden. Frauen natürlich auch.

„Nein", gestand ich freimütig. „Meine letzte Beziehung oder eher eine Affäre war vor vier Jahren. Aber immerhin hat es ein Jahr gedauert. Der reine Zufall hatte dazu geführt. Ich wollte den Vulkanexpress kennenlernen. Der fährt von Brohl in die Eifel. Ein nostalgischer Bummelzug, nicht schneller als 20 km/h. Du kannst während der Fahrt Äpfel pflücken. Aber in die Eifel bin ich nicht gekommen. Es waren Kegelclubs im Zug. Es gab viel Lärm und Sauferei. Da bin ich bei der ersten Station, das war Bad Tönisstein, ausgestiegen, um durch den Wald zum Kloster Maria Laach zu wandern. Und wie Gott es will, steht da an einer Wegekreuzung eine junge Frau. Na ja, so jung war sie auch nicht. 45 Jahre. Aber wenn man wie ich damals in den fortgeschrittenen Sechzigern ist, hält man das eben für jung. Die Frau hatte keine Wanderkarte, wollte zum Laacher See, zum Hotel Waldfrieden, wo sie eine Woche Urlaub machte. Sie wusste nicht mehr weiter, hatte die Richtung verloren. ‚Zum Laacher See will ich auch‘, sagte ich. ‚Darf ich mich Ihnen anschließen?‘ fragte sie. ‚Gerne‘, war meine Antwort. So sind wir also zusammen zum Laacher See gewandert. Wir haben beim Abschied Telefonnummern ausgetauscht. Ich bin mit dem Bus nach Andernach gefahren, dann in den Zug nach Bad Breisig. Am nächsten Morgen habe ich sie angerufen, gesagt: ‚Ich würde gerne mit Ihnen weiterwandern.‘ Sie war einverstanden. Ich also wieder nach Maria Laach, wo wir uns am Kloster getroffen haben. Ja, und dann hat es sich einfach so ergeben, dass ich auch im Hotel Waldfrieden übernachtet habe. Es war sehr schön. Die Dame hieß übrigens Michelle, kam aus Gießen. Ein Jahr lang bin ich jedes Wochenende mit dem Zug die Lahn entlang gefahren, um für ein paar Tage in ihrem Haus zu wohnen. Warum das dann auseinander gegangen ist, weiß ich selber nicht so genau. Irgendwie war die Luft raus. Wahrscheinlich bin ich beziehungsunfähig. Das war mein letztes Zusammensein mit einer Frau. Danach nichts mehr."

„Hättest du aber gerne. Oder?" fragte Petermann.

„Natürlich. Die Einsamkeit in meiner Wohnung kotzt mich manchmal an. Aber ich finde nichts, wo es ‚Klick' macht. Selbst beim singenden Wirt versage ich. Kennst du die Weinstube da unten?"

„Nein, habe aber davon gehört. Vielleicht, mein Lieber, bist du zu anspruchsvoll, träumst von der großen Liebe oder von einer hinreißenden Schönheit. Aber diese Zeiten sind vorbei. Man sollte in unserem Alter schon mit der Geselligkeit zufrieden sein. Wie die Kaninchen hoppeln wir sowieso nicht mehr herum."

Ich musste über den Vergleich lachen. „So, so!" meinte ich. „Hat sich bei dir aber anders angehört. Du solltest die Musik lauter stellen."

Petermann wurde für einen Moment verlegen, legte die Stirn in Falten, fuhr sich mit der Hand über die Glatze.

„Du hast das also mitbekommen?"

„Na klar. Abwechselnd der rote und der blaue Wagen. Sehe ich doch vom Balkon aus."

„Ist vorbei", sagte er. „War übrigens anstrengend. Nicht das Vögeln, sondern die Angst, dass die Damen sich über den Weg laufen. Und anstrengend, ja geradezu schädlich ist die dauernde Lügerei, wenn man Alibis erfinden muss. ‚Warum darf ich heute Abend nicht kommen?' fragen sie. ‚Wo bist du? Was machst du?' Dann erfindest du irgendeine Ausrede. Bin heute Abend im Schachverein. Meine Tochter ist zu Besuch. Habe Grippe und möchte das Virus nicht weitergeben. Aber Morgen bin ich wieder gesund. Irgendwann sind alle Ausreden verbraucht und auch die Gründe, warum man nicht ans Handy geht. Wirklich, man schadet, verletzt sich mit so einem Spiel nur selbst. Zugegeben, es macht auch etwas Freude, beruhigt. Zickt die eine, hat man ja noch die andere. Gäbe es so etwas wie Wiedergeburt, dann war ich im vorigen Leben ein arabischer Scheich. Mit dem roten und dem blauen Wagen war das fünfte Mal, dass ich in so etwas hineingerutscht bin. Aber jetzt ist Schluss. Marly, die Brasilianerin, ist final."

5

„Verzeihe bitte meine Neugierde. Wie bist du dann plötzlich an eine Brasilianerin gekommen?" wollte ich wissen.

„Das war in diesem Konflikt mit zwei Damen sozusagen der ‚Deus ex Machina'. Das ist ein Begriff aus der altgriechischen Tragödie. Wenn etwas auf der Bühne unlösbar wirkt, erscheint von oben, an Seilen heruntergelassen, die Entwirrung, die Aufklärung. Der Knoten wird aufgetrennt. In meinem Fall war das Zufall, Schicksal oder meinetwegen auch Fügung. Ich weiß ja nicht, ob eine himmlische Macht ihre Hände im Spiel hatte. Was wissen wir schon über diese Dinge!? Nun, ich saß alleine an einem Tisch vor einer Kneipe am Kölner Hauptbahnhof, an der Domseite. Alle anderen Tische waren voll belegt. Da näherte sich Marly, sah sich um, zögerte einen Moment, fragte mich dann, ob sie sich zu mir setzen dürfte. ‚Aber gerne!' sagte ich. So wurden wir bei einem oder auch mehreren Kölsch miteinander bekannt. Wir fanden uns sympathisch. Eine Woche später kam sie für einen Vormittag nach Bad Breisig, um mit mir

Tennis zu spielen. Und wieder eine Woche später hat sie sich hier im Hotel ‚Vier Jahreszeiten' für ein paar Tage einquartiert. Da waren wir die ganze Zeit zusammen. So ist es dann auch geblieben."

„Wie habt ihr euch unterhalten? Auf Englisch, Portugiesisch?"

„Nein, sie spricht perfekt Deutsch. Sie hat beim TÜV Rheinland die internationalen Beziehungen gemanagt. Um die portugiesische Sprache bemühe ich mich zur Zeit, muss aber sagen, im Alter ist es nicht einfach, eine neue Sprache zu lernen. Ich muss die Vokabeln oft wiederholen, um sie mir merken zu können. Dann klebe ich mir Zettelchen an die Wand und gucke immer wieder darauf."

„Und dann war es mit den anderen Frauen plötzlich vorbei?"

„So ganz plötzlich auch nicht. Es war schwierig. Es gab Tränen. Vorwürfe. Aber ich hatte keine Wahl, war verliebt. War? Blödsinn. Bin es ja immer noch. Außerdem war ich froh, dass dieses doppelte Spiel vorbei war."

„Konntest du dich denn nicht für eine entscheiden?"

„Nein. Sie waren zu gegensätzlich. Was die eine nicht hatte, hatte die andere. Und umgekehrt."

Ich wollte nicht weiter nachfragen, gab mich mit dieser Auskunft zufrieden. Schließlich war das unsere erste Begegnung, unser erstes Gespräch. Da spielt man nicht den Kommissar. Ich überlegte nur eine Weile. Warum hat der so ein Glück und ich bin seit Jahren auf dem Trockendock? Eine Erklärung fand ich nicht. Petermann war gewiss ein netter Kerl, aber kein Zauberer. Es musste also an mir liegen. Dann dachte ich an seine Bemerkung vom Schachverein und fragte:

„Bist du wirklich in einem Schach-verein?"

„Ja, das stimmt. ‚Freibauer Bad Breisig'. Aber ich gehe selten hin. Ich will auch keine Turniere spielen. Ich liebe es gemütlich. Dieses Herumhauen auf der Schachuhr, der Zeitdruck, der Ernst, die Verbissenheit. Das mag ich nicht. Wenn ich die Figuren auf dem Brett bewege, will ich dabei rauchen und meinetwegen auch ein Gläschen Cognac daneben haben. Das darf man im Verein nicht. Bei Turnieren erst recht nicht. Dabei ist es doch nur ein Spiel."

„Wunderbar!" sagte ich. „Ich spiele auch Schach, habe hier aber noch niemanden gefunden."

„Können wir gerne ausprobieren", meinte Petermann. Er stand auf, ging ins Wohnzimmer, kam mit einem Turnierbrett und einem Holzkästchen zurück. Wir stellten die Figuren auf. „Du darfst mit Weiß beginnen", forderte er mich auf.

6

Wir spielten drei Partien. Ich verlor alle. Bei der dritten dachte ich: Jetzt habe ich ihn. Er hatte seine Dame geopfert. Beim Verlust der Dame ist eine Partie normalerweise dahin. Aber nein. Er hatte kühl kalkuliert, zerrte nach dem Damenverlust mit Läufer und Springer meinen König aus der Deckung hinter den Bauern und setzte ihn mit dem zweiten Springer matt.

Ich schüttelte resigniert den Kopf, sagte:

„Keine Chance. Ich müsste wohl lange üben."

„Mach dir nichts draus. Ich spiele ja auch schon seit sechzig Jahren. Mein Vater hat es mir, als ich acht Jahre alt war, beigebracht. Das gehört zu meinen schönsten Erinnerungen. Denn bereits die dritte Partie hat er verloren und danach nicht mehr mit mir gespielt. Das war ein kleiner Triumph. Denn so ein Vater ist für einen Knirps allmächtig. Und wenn man den dann besiegt... schönes Gefühl. Also, wie gesagt: Mach dir nichts draus! Ich lese ja auch Schachliteratur. Nicht nur Bücher über Eröffnungen und Kombinationen, sondern auch Biografien, zum Beispiel ‚Genies in Schwarzweiß – Die Schachweltmeister im Porträt‘. Du glaubst nicht, was es da für schrullige, seltsame Typen gibt. Bobby Fischer etwa, der elfte Schachweltmeister, Amerikaner, damals frenetisch gefeiert nach seinem Sieg gegen den Russen Spasski. Das war nicht nur ein Schachspiel. Es war Amerika gegen die Sowjetunion. Fischer hatte die Vormachtstellung der Sowjets durchbrochen. Was geschieht danach? Fischer taucht für zwanzig Jahre ab, spielt kein Turnier mehr, verarmt, wird von einem Belgrader Bankier mit einer Preisbörse von fünf Millionen Dollar ans Schachbrett gelockt. Wieder gegen Spasski. Das Duell fand in Jugoslawien statt, das damals unter einem US-Wirtschaftsembargo stand. Fischer hätte nicht spielen dürfen. Er kehrte wegen drohender Verhaftung nicht in die USA zurück. Eine Reise- und Versteck-Odyssee folgt. Schließlich wird er in Japan verhaftet. Die USA verlangen die Auslieferung, was Japan aber nicht macht. Fischer heiratet eine Japanerin und findet mit ihr Asyl in Island. Irre, nicht wahr. Ich habe noch viele merkwürdige Episoden ausgelassen. Warum ich dir das erzähle? Ich hoffe, dass ich kein Schachgenie bin und mir Ähnliches passiert."

„Glaube ich nicht", meinte ich treuherzig.

Petermann lachte. „War ein Scherz! Bin weder Groß- noch Weltmeister. Über ein Wiener Caféhaus-Niveau komme ich gar nicht hinaus. Also keine Sorge!"

„Was kann ich tun, um besser zu spielen?" fragte ich. „Ich würde ja gerne weiterspielen, befürchte aber, dich zu langweilen."

„Ach was!" antwortete er. „Ich gebe dir meinen Schachcomputer mit und ein Buch über Strategie und Taktik. In einer Woche, wenn du einverstanden bist, spielen wir wieder."

Ich war froh, in dem stillen Haus jemanden gefunden zu haben, mit dem ich reden, spielen, den ich besuchen konnte.

Die Schachepisode erwähne ich in meiner Erzählung nur, um zu zeigen, dass Petermann nicht dumm ist. Aber wir werden erleben, dass er dumm genug ist, um in eine schlimme Falle zu tappen. Ob er aus dieser auch wieder herausspringen kann, wird sich zeigen. Nach meinem ersten Eindruck verfügte er über eine gewisse Sensibilität. Die jedoch hat wie die Münze zwei Seiten. Sie kann einen angesichts des Chaos in der Welt niederdrücken. Corona, kommende Impfpflicht mit fragwürdigen und unsicheren Nebenwirkungen, Maskierung, staatlich verordneter Freiheitsentzug, drohender Krieg, Klimatheater, Digitalisierung mit Manipulation und Überwachung, dazu ein fast stets grauer Winterhimmel. Bei all dem Elend fehlt nur noch der berühmte Tropfen, der das Fass zum Überlaufen bringt. Die andere Seite der Münze ist die mit Klugheit und Optimismus gepaarte Sensibilität, die sich mit einem Sprung aus jeder Falle zu befreien weiß. Dabei muss es weiß Gott nicht so chaotisch zugehen wie bei dem Genie Bobby Fischer. Aber chaotisch genug wird es werden.

7

Es dauerte keine Woche, bis wir uns wieder trafen. Nach vier Tagen klingelte Petermann an einem frühen Abend bei mir. Ich brütete gerade über dem Schachcomputer, einem verteufelt schlauen Ding namens ‚Mephisto‘, stand auf, öffnete.

„Marly ist wieder da", sagte Petermann. „Wir grillen jetzt auf dem Balkon. Du bist herzlich eingeladen."

„Um wieviel Uhr?"

Petermann lachte. „Jetzt. Also komm mit rüber!"

Ich stand da im Türrahmen in einer schwarzen Schlabberhose, die jedem Taliban zur Ehre gereicht hätte, ein rot gestreiftes Marokkohemd, auf dem man noch blasse Reste von Zahnpasta sah, hing weit über dem Bund. An den Füßen hatte ich nichts. Es war ein warmer Tag.

„Warte! Ich muss mich noch umziehen", sagte ich.

„Ach was! Wir veranstalten keinen Opernball. Lass Anzug und Krawatte im Schrank! Für den Anlass heute bist du perfekt gekleidet."

So lernte ich Marly kennen. Sie umarmte mich nach brasilianischer Art mit einem herzlichen Lächeln. Ich schätzte sie ein paar Jahre jünger als Petermann, vielleicht Anfang sechzig. Aber das war gar nicht zu bestimmen. Es hätten auch fünfzig Jahre sein können. Ich würde meinen Nachbarn später fragen. Marly trug ein burgunderrotes Sommerkleid, das bis auf die Füße fiel, die in farbenfrohen Sandaletten steckten. Die Farbe des Kleides passte vorzüglich zu den schulterlangen, kastanienbraunen Haaren. Um die schlanke Taille hing lässig geschlungen ein goldfarbener Kettengürtel. Ein indianisch wirkendes türkisfarbenes Collier schmiegte sich um den Hals.

„Santa Olalla!" dachte ich. „Was für eine schöne Frau! Wenn alle Brasilianerinnen so aussehen, fahre ich nicht mehr nach Spanien."

Petermann schien meine Bewunderung zu bemerken und grinste. „Komm auf den Balkon!" sagte er. „Zur Begrüßung erst einmal einen Caipirinha. In einem ersten Gang gibt es dann Gambas."

Es wurde ein wunderschöner, launiger, lustiger, temperamentvoller Abend. Marly sprach vorzüglich Deutsch, so dass die Unterhaltung niemals stockte. Nach den Gambas gab es ein scharfes Churrasco, gegrilltes Fleisch, wie es die Gauchos in Südbrasilien zubereiten. Nach einem zweiten Caipirinha floss der Prosecco reichlich. Und dann zu vorgerückter Stunde kam Marly mit einer Dose, die grünbraune, wollige Flocken enthielt. Petermann zerbröselte ein paar davon und wickelte sie in Zigarettenpapier.

„Hast du so etwas schon mal geraucht?" fragte er.

Ich schüttelte den Kopf. „Nein. Was ist das?"

„Makonja, Marihuana. Die Cannabispflanze steht in der besonders beleuchteten Besenkammer. Das ist die erste Ernte dieses Jahr."

Die Zigarette wanderte Corona zum Trotz von Mund zu Mund. Nach dem dritten Zug wurde mir irgendwie komisch, ein wenig schwindelig im Kopf, zugleich wurde die Welt aber auch federleicht und lustig, als sei sie eine Kirmeseinrichtung.

Ich kicherte und lachte viel. Irgendwie musste ich es später heil in mein Bett nach nebenan geschafft haben. Am Morgen wurde ich jedenfalls an Ort und Stelle wach. Nach und nach stellte sich die Erinnerung an einen schönen Abend ein.

8

In den folgenden Wochen war ich öfter Gast nebenan. Marly zauberte brasilianische Menüs. Etwa brasilianisches Hühnchen mit Kokosmilch und Mango, Cuzcus de Atum, einen Thunfischkranz mit Oliven, Zwiebeln, Ei, Tomaten Krabben, Cuzcus und viel Knoblauch. Auch das brasilianische Nationalgericht, Feijão, ein Bohneneintopf, durfte nicht fehlen. Immer auch war es wegen der Chilizugaben ein feuriges Festmahl. Zum Abschluss gab es etwas Süßes, brasilianische Zimtkrapfen oder auch Bolo de milho cremoso, Maiskuchen. Ich merkte mir die Namen all der Köstlichkeiten. Sozusagen als ersten Einstieg in ein mir unbekanntes Land. Denn Petermann hatte gesagt:

„Du kannst uns gerne in Brasilien besuchen. Marly hat ein Haus in Rio, in Ipanema. Zum Strand sind es nur ein paar hundert Meter. Wenn dir unsere Cannabis-Sitzung gefallen hat, am Strand geht sie weiter. Die Polizei, so hat Marly es mir erzählt, steht daneben und sieht zu. Warum dieses auch medizinische Kraut hier verboten ist, gehört zu den Eigenarten deutscher Regulationswut. Ein Blick in unser Nachbarland, in die Niederlande, zeigt, dass es auch anders geht. Ist dir mal aufgefallen, dass die Holländer beim Radfahren keine Helme tragen? Bei uns siehst du kaum einen Radfahrer ohne Helm. Demnächst verpflichten sie noch die Fußgänger, einen Helm zu tragen. Denn ab und zu kommt man an einem Baugerüst vorbei. Es könnte etwas herunterfallen."

Ich bedankte mich für die Einladung, meinte: „Mal sehen. Im kommenden Winter ist aber wieder Spanien dran. Ab Anfang November, wenn es mit Allerseelen wieder grau und gruselig wird. Ich überlege mir, ganz nach Spanien zu ziehen. Andalusien, nach Ayamonte, das an der Grenze zu Portugal liegt. Da kann ich zwischen beiden Ländern hin und herpendeln, bin in ein paar Minuten an der portugiesischen Algarve. Bisher war ich immer in der Umgebung von Malaga, in El Morche. Blöd ist nur, dass ich weder Portugiesisch noch Spanisch spreche und dort immer alleine herumlaufen würde. Ebenso wie hier. Ich weiß aber nicht, wie ich diesen Zustand beenden soll. Ich kann mich ja nicht in einem spanischen oder portugiesischen Café an den Tisch einer einsamen Dame setzen und auf deutsch fragen: ‚Hätten sie nicht Lust, mich kennenzulernen?'"

Petermann lachte über diese drollige Ausführung. „So geht das natürlich nicht. Hast du einmal daran gedacht im Internet einer Dating-Plattform beizutreten? Es gibt in unserer Alterskategorie gewiss viele Frauen, deren Männer schon gestorben sind. Erst schreibt ihr euch Emails, dann telefonieren und ein erstes Treffen zum richtigen Kennenlernen. Ist doch ganz einfach. Du musst nur aktiv werden. In der Bude zu sitzen und über die Einsamkeit zu grübeln bringt nichts."

„Weiß nicht", antwortete ich. „Habe gehört, dass von zehn solcher Treffen zehn im Frust enden."

„Ach was!" meinte er. „Lass neun in einer Enttäuschung enden. Aber die

34

Zehnte ist ein Volltreffer. Dann hat es sich doch gelohnt. Geh es langsam an, fall nicht mit der Tür ins Haus, setze ein ansprechendes Bild ins Netz, auf keinen Fall eins vor zwanzig Jahren, verfasse einen ansprechenden Text, lüge nicht, vor allem nicht bei dem Alter, sei zurückhaltend mit eigenen Vorzügen und Lobpreisungen, gib nicht als Hobby an ‚liege gern auf der Couch und sehe fern'. Schreibe lieber ‚ich koche gerne, liebe Musik und die Natur und vor allem den warmen Süden.' Gib ruhig Schwächen zu, zum Beispiel das Rauchen. Nichts ist stressiger, als sich bei einer Tasse Kaffee aus Rücksichtnahme der Zigarette zu enthalten. Dann brauchst du gar nicht mehr an eine mögliche Beziehung zu denken. Das gibt nur Krampf, der rasch zu Ende geht. Vermeide Veganerinnen, Kämpferinnen gegen Alkoholgenuss, Antirauchtanten und sei auch vorsichtig mit Esoterikerinnen, die Zwerge und Feen sehen, mit Toten sprechen und dir weismachen, sie seien in einem vorigen Leben ägyptische Tempeltänzerin gewesen. Das mag zwar amüsant sein, wird dich aber auf die Dauer verwirren. Versuche doch diesen Weg einmal. Was hast du zu verlieren? Nichts. Du darfst nicht auf ein Wunder warten. Es wird nicht passieren, dass eine Frau bei dir klingelt und sagt: ‚Ich möchte Sie gerne kennenlernen‘. Du musst selber aktiv werden."

„Mach ich vielleicht", stimmte ich zögerlich zu. „Bisher habe ich mich davor gescheut. Ist es die Angst vor Enttäuschung? Ich weiß es nicht."

Was Petermanns Tipp betraf, Kochen als Hobby anzugeben, das ging überhaupt nicht. Für die Einladungen nach nebenan konnte ich mich auch nicht revanchieren. Meine Kochkunst besteht darin, eine Dose Ravioli oder Erbsensuppe aufzumachen, Spaghetti weichzubekommen, selten al dente, und Fischstäbchen in der Pfanne bruzzeln zu lassen. Auch brachte ich es gerade noch fertig, tiefgefrorenes Gemüse zu erhitzen und nach Anleitung aus vorgefertigtem Pulver Püree zu servieren. Für die nachbarlichen Einladungen konnte ich meine Dankbarkeit nur zeigen, indem ich mehrere Flaschen Prosecco und ein Sixpack Bitburger mitbrachte.

9

Wenn ich sah, wie vertraut und zärtlich Petermann und Marly miteinander umgingen, weckte das in mir eine große Sehnsucht, so etwas auch zu erleben. Verliebt zu sein war offenbar wie ein wunderbarer leichter Rausch, besser und gesünder als der mit Cannabis. Bei Cannabis wird einem schwindlig im Kopf. In der Liebe erweitert sich das Herz und umarmt die Welt. Ich wurde also, wie Petermann es mir geraten hatte, aktiv.

Täglich setzte ich mich am Nachmittag unten an der Rheinpromenade vor dem Restaurant und Hotel ‚Zum Anker' draußen an einen freien Tisch, saß dort alleine und wartete darauf, dass eine Dame käme und mich fragte: „Darf ich mich zu Ihnen setzen?" Aber jenes Wunder, das Petermann in Köln erlebt hatte, geschah nicht. Es kam niemand. Außer einmal Franz, der schon ab zehn Uhr morgens auf Sauftour war, sich zu mir setzte und mich mit irgendeinem Unsinn zuquatschte. Nach zehn Sitzungen am ‚Anker' gab ich mein Vorhaben auf. So funktionierte das nicht.

Also versuchte ich es anders, befolgte den Tipp, mich im Internet bei einer Dating-Plattform anzumelden. ‚Lebensfreunde' hieß die. Ein aktuelles Foto hatte ich nicht. Ich scheute mich, ein Selfie zu machen. Aus nächster Nähe geknipst sieht man meistens ziemlich bescheuert aus. Ich wählte ein drei Jahre altes Foto, das zur Weihnachtszeit in Spanien entstanden war. Es zeigt mich mit Nikolauszipfelmütze und einem Glas Sekt in der Hand am Rand eines Swimmingpools im Wasser stehend. Eigentlich ein fröhliches Bild, bei dem die Damen sehen konnten: „Aha, der Typ ist lustig. Mit dem habe ich bestimmt Spaß."

Bei dem Profiltext war ich zurückhaltend, schrieb nur: „Suche unternehmungslustige Frau für eine ernsthafte Beziehung." Bei den Angaben zu meiner Person war ich ehrlich, gab die richtigen Daten an. Größe 1.80, ledig, 69 Jahre alt, sparsamer Haarwuchs, Raucher. Bei der Angabe meiner Hobbys wurde ich allerdings erfindungsreich. Ich konnte ja nicht schreiben: „Ich habe keins". Also wurde ich zum Koch, Musikliebhaber, zu einer Lese- und Wanderratte, liebte Reisen und Kreuzfahrten, Theaterbesuche und war sportlich aktiv. Nichts davon stimmte.

Aber wenn mir ein Volltreffer gelänge, könnte sich das ja noch ändern. Auf jeden Fall begann ich schon mal mit dem Kochen, kaufte mir zwei Bücher. Von Alfred Biolek ‚Meine Rezepte' und von Tom Groß ‚Omas deutsches Kochbuch'. Ich fing an, mich wirklich für das Kochen zu interessieren, probierte Pastas, Suppen, Soßen, hatte Spaß daran, wandte mich komplizierteren Sachen zu wie etwa ‚Indisches Huhn nach Monty Pythons'. Käme eine Dame zu Besuch und ließe sich von mir bewirten, dann wäre die halbe Schlacht schon gewonnen. Nach dem Genuss eines guten Weins würde sie nicht mehr nach Hause fahren wollen, sondern bleiben. Ich machte mir auch Gedanken über die Stimmung. Nicht nur Kerzenlicht musste her, sondern auch Musik. Aber was? Ich entschied mich für eine CD mit deutschen Schlagern. ‚Für immer Dein', ‚Mein Herz schlägt nur für dich', ‚Nur du bist meine Liebe', ‚Ich folge dir, wohin du auch gehst' usw. Würde ich an eine intellektuelle Liebhaberin klassischer Musik geraten, hätte ich mit meiner Auswahl schlechte Karten. Aber eine intellektuelle Frau wollte ich gar nicht. Das stellte ich mir als zu anstrengend vor.

Immer hätte ich aufpassen müssen, was ich sagte. Und da wurde gewiss noch im Bett weiter diskutiert. Insofern war meine Entscheidung für den deutschen Schlager schon richtig.

Ich war kaum bei der Plattform angemeldet und hatte mein Profil veröffentlicht, da hatten schon fünf Damen den Neuen erspäht und bekundeten mit einem Sympathieklick Interesse. Ich meldete mich auch, schrieb eine Mail, gab meine Telefonnummer an, bat um einen Anruf für einen ersten Austausch. Danach könnte man sich ja zu einer Tasse Kaffee treffen.

Von den fünf Frauen rief mich allerdings nur eine an, eine 78jährige Berliner Witwe, die einen Begleiter für eine Kreuzfahrt suchte. „Wo bist du denn überall schon gewesen?" wollte sie wissen. „Das letzte Mal", antwortete ich, „mit der ‚Aida' in Rio de Janeiro." – „Ach, wie schön!" meinte sie. „So weit will ich aber nicht. Ich denke eher an eine Mittelmeerfahrt nach Sizilien und nach Spanien." – „Auch gut!" lobte ich ihren Plan, wich dem Vorschlag für ein Treffen aus, gab an, ehrenamtlich in einem Koblenzer Impf- und Testzentrum tätig zu sein. Die Leute könnte ich jetzt noch nicht im Stich lassen, würde mich später wieder melden. Was ich nicht getan habe. Es blieb bei dem einen Anruf. Danach kam nichts mehr. Bei zehn Begegnungen einen Volltreffer zu haben, erwies sich als ein schöner Traum. Selber Damen anzu-schreiben, dazu fand ich keinen Mut. Dass sich keine Frau mehr meldete, so überlegte ich, musste an der Nikolausmütze liegen. Wahrscheinlich hielten sie mich für einen Lebemann, der im Swimmingpool wilde Partys feierte.

10

Ich erzählte Petermann von der ergebnislosen Suche. „Wenn du erlaubst", sagte er, „dann zeige mir deinen Dating-Auftritt. Da scheint irgendetwas nicht zu stimmen. Entweder beim Bild oder beim Text. Vielleicht kann ich dir helfen."

Wir gingen in meine Wohnung. Ich fuhr den Computer hoch, loggte mich bei ‚Lebensfreunde' ein, ging auf mein Profil. Petermann brauchte nur ein paar Sekunden, um den Fehler, nein, die Fehler zu sehen. Er schüttelte lächelnd den Kopf.

„So geht das natürlich nicht. Was ist das für ein Foto! Du stehst am Rand eines Pools, im Wasser, trägst eine rote Zipfelmütze mit Bommel, in der linken Hand hältst du ein Glas mit wahrscheinlich Sekt. Aber was ist mit dem rechten Arm? Du hast da etwas mit einem Fotoprogramm abgeschnitten. Dein rechter Arm, bei dem die Hälfte fehlt, ist erhoben, sieht aus, als sei noch jemand neben dir und du legst den Arm um eine Schulter. Die Person neben dir, wahrscheinlich eine Frau, hast du weggeschnitten. Stimmt's?"

„Ja", gab ich zu. „Das war in Spanien meine Vermieterin. Aber da war nichts. Es war nur ein Spaß an Weihnachten."

„Egal, ob das nur ein Spaß war oder eine Affäre. Das wissen deine Besucherinnen nicht. Aber sie sehen, dass du jemanden weggeschnitten hast. Das macht keinen guten Eindruck. Sie denken: ‚Das ist ein Playboy, der mich vernaschen will.' Und dann dein Text! Äußerst mager, kurz angebunden. Weißt du, Frauen sehen sich nicht nur dein Foto an, die lesen auch. Im Gegensatz zu den Männern. Die gucken in der Regel nur auf das Bild. Der Text ist ihnen egal. Da musst du etwas mehr schreiben. Und bitte keine Klischees!

‚Liebe gemütliche Abende mit einem Glas Wein am Kamin.' Oder Ähnliches. Da musst du dir etwas mehr Mühe geben. Sonst wird das nichts mit dem Volltreffer. Hast du noch andere Fotos von dir?"

„Ich war in Spanien meistens alleine. Es gibt nur noch ein Bild. Da liege ich in einer Hängematte und schau in den blauen Himmel. Alle anderen Fotos sind zu alt."

„Du hattest doch vor ein paar Jahren eine Frau im Wald getroffen und am Wochenende bei ihr gewohnt. Gibt es da keine Aufnahmen?"

„Nein. Die hat nicht fotografiert."

Ich überlegte eine Weile. „Doch, doch!" sagte ich. „Es gibt ein Foto. Drei Monate alt. Da war ich unten am Rhein in der Weinstube beim singenden Wirt. Ich saß zufällig bei einer älteren Dame am Tisch. Die hat mit ihrem Smartphone wie wild fotografiert. Sie tat immer so, als würde sie SMS lesen, hat aber in Wirklichkeit heimlich alle möglichen Leute aufge- nommen. Manche haben das gemerkt und waren verärgert. Mich hat sie auch abgelichtet und mir später das Bild auf WhatsApp zugeschickt."

„Hast du es noch?"

„Ja."

Ich nahm mein Smartphone, ging auf WhatsApp, fand das Foto rasch. Petermann betrachtete es, meinte:

„Na ja, ein bisschen schummrig, ist aber auf jeden Fall besser als das im Swimmingpool. Versuche es damit. Wir können aber auch bei dir auf dem Balkon ein ganz neues machen. Du rasierst dich vorher, ziehst dir ein flottes Marokkohemd an, hast eine Tasse Kaffee vor dir, damit dich die Frauen nicht für einen Säufer halten. Zu dem Foto gibst du an: ‚Ganz aktuell, von einem Freund bei mir auf dem Balkon aufgenommen'. Die Damen sollen ja nicht denken, dass du bei einer anderen Frau übernachtet hast. Diese Anmerkung beruhigt. Und bei dem Profiltext gibst du dir, wie gesagt, bitte etwas mehr Mühe. Sprich von deiner Sehnsucht nach Partnerschaft, sei unternehmungslustig und reisefreudig. Zeige Gefühle, auch kulturelles Interesse, ohne intellektuell zu wirken. Rück nicht sofort mit deiner Telefonnummer raus. Schreibt euch ruhig ein bisschen. Aber nicht zu lange. Sonst versandet das."

„Na gut", sagte ich. „Machen wir ein aktuelles Foto. Dann starte ich einen neuen Versuch."

11

Mittlerweile war es Ende Oktober geworden. Die Inzidenz stieg, lag bei 400, wobei es mich ärgerte, dass einem solche Zahlen vom RKI und den Medien an den Kopf geworfen wurden. 400 war nicht mehr als 0,4% an Neuinfektionen mit der neu aufgetauchten Coronavariante Omikron, die meistens nur zu einer leichten, harmlosen Grippe führte. Aber die Regierung sprach von einer Pandemie, verängstigte und manipulierte mit Hilfe der Medien die Menschen. Der Einzelhandel musste schließen, G-Regeln wurden eingeführt, man durfte in Restaurants und Kneipen nur noch, wenn man geimpft, genesen oder getestet war. Impfzentren und Teststationen schossen wie die Pilze aus dem Boden. Stimmungsmäßig passend dazu stellte sich das übliche graue Wetter ein. Sah ich den Gesundheitsminister, die neue deutsche Kassandra, im Fernsehen, schaltete ich direkt auf einen anderen Kanal um.

Ich stellte meine Suche nach einem Volltreffer ein, traf nur einmal die 65jährige Marion aus Sinzig, konnte sie aber nicht richtig erkennen, da sie bei unserem Spaziergang am Rhein nie die Maske ablegte. Wir trafen uns an der Linzer Fähre, wanderten Richtung Ahrmündung. Sie war mit ihrem kleinen Hund, einem Yorkshire Terrier, gekommen. Für den Hund hatte sie aus einem weißen, grobmaschigen Leinentuch eine Art Maske gebastelt, die sie dem armen Tier über Schnauze und Nase gestülpt und am Hals festgebunden hatte. Bei dem Spaziergang achtete sie auf den Mindestabstand, ging zwei Meter neben mir, was zu einer schleppenden, mühsamen Konversation führte. Als sie mich bat, doch bitte auch eine Maske zu tragen, winkte ich ab, sagte: „Das wird nichts!" In meiner Empörung machte ich ihr gegenüber den Scheibenwischer, drehte mich um und ging zur Fähre zurück. Ich wunderte mich selbst über meine Unhöflichkeit. Das war eigentlich gar nicht meine Art, aber die ganzen Krisen, wunderlichen Regeln und Verhaltens-weisen waren mir auf die Nerven gegangen und hatten in mir das Gefühl erzeugt, in einer weitläufigen Psychiatrie gefangen zu sein.

Ich erzählte Petermann von dem Treffen. „Wie", meinte er, „auch der Hund?" und lachte.

„Ja, auch der Hund. Die Menschen hier werden immer verrückter. Wir haben keine Corona-Pandemie, sondern eine Pandemie der Dummheit. Ich hau morgen hier ab, fahre mit dem Auto durch Frankreich nach Spanien, nach Andalusien, bevor mich in Deutschland die Winterdepression ereilt. Ich hätte gerne eine Frau mitgenommen, aber das klappt nicht."

„Findest du dort nichts?" fragte er.

„Bisher nicht."

„Du bist ein hoffnungsloser Fall", war sein Kommentar. „Was hältst du davon, wenn du noch etwas wartest und dann kommst du Ende November mit nach Brasilien. In Rio de Janeiro gibt es bestimmt eine hübsche Brasilianerin für dich. Da hast du bessere Karten."

„Ende November? So lange soll ich noch warten? Nein. Ich bin Morgen auf dem Weg nach Spanien."

„Warum mit dem Auto?"

„Fliegen ist stressig. Du musst beim Check-In alle möglichen Dokumente vorlegen. Digitaler Impfnachweis, Covid-

Test, der nicht älter sein darf als 72 Stunden, digitale Einreiseanmeldung, die per QR-Code bestätigt wird. Bis zum Schluss weißt du nicht, ob man dich in die Maschine lässt. Der ganze digitale Zirkus nervt. Die Welt ist wahnsinnig geworden."

12

Am nächsten frühen Morgen stand ich mit gepackter Tasche vor Petermanns Wohnung, klingelte, er öffnete noch schlaftrunken, rieb sich die Augen. Ich verabschiedete mich von ihm. Ich holte meinen Wagen, einen roten Fiat 500, ein Cabrio, aus der Garage, tankte ihn unten in Niederbreisig voll, überprüfte den Ölstand und dann ging es auf die Strecke, die ich schon zur Genüge kannte. Ich ließ mir wie immer für die Reise Zeit, fünf bis sechs Tage, stocherte nicht in einem durch, wie die meisten das machen. Erste Station Vezelay in Frankreich, dann Aubrac in der Auvergne, Oloron-Sainte-Marie vor den Pyrenäen. Von da aus ging es über den Somportpass durch die Pyrenäen Richtung Zaragoza. Am Rand der Stadt, im Vorort Casablanca – er heißt tatsächlich so wie die berühmte marokkanische Stadt – nahm ich Quartier und musste an den gleichnamigen Film mit Humphrey Bogart denken. „Ich schau dir in die Augen, Kleines!" Eine etwas unterkühlte Offenbarung liebevoller Gefühle. Rick und Ilsa, die von Ingrid Bergmann gespielt wird, prosten sich zu, schauen sich durch die Gläser an. Diese Szene ist mir lebhaft in der Erinnerung und weckt in mir die Sehnsucht, irgendwann die Strecke nach Spanien nicht alleine zu fahren.

Richtig schön, sensationell schön wird die Fahrt, wenn es durch die Sierra Nevada an Granada vorbei geht. Der höchste Berg dort ist mit über 3400 Metern der schon im November schneebedeckte Mulhacén. Das Licht in der Sierra ist hell, sonnendurchflutet, nahezu brutal, aber schön. Es ist ein irrer Gegensatz zum deutschen Novembergrau. Hinter Granada geht die Fahrt runter zur Küste. Es wird angenehm warm und ich kann endlich das Verdeck des Wagens öffnen. Ich fahre die Küste entlang, bis ich schließlich wie immer in dem kleinen Ort El Morche lande, wo ich in einem der Wohnblöcke an der Strandpromenade eine Wohnung mit

Balkon und Blick auf das Mittelmeer miete.

Man möge mich bitte nicht für reich halten, da ich mir im Winter zwei Wohnungen leiste. Die in Bad Breisig und die in Spanien. Beide zusammen kosten 900 Euro im Monat. Damit ist schon erheblich mehr als meine halbe Rente weg. Aber im Laufe des deutschen Frühlings und des Sommers lebe ich bescheiden, zurückgezogen, spare für Spanien. Das spanische Abenteuer hat nur einen Haken. Nach drei oder vier Monaten wird mir langweilig, weil der Tagesablauf routiniert und immer derselbe ist. Morgens einen Kaffee an der Strandpromenade, gegen Mittag geht es dann in den Nachbarort Torrox, wo es etwas oberhalb die ‚Bar La Mula‘ gibt. Es ist eine einfache rustikale Kneipe, wo man draußen auf Plastikstühlen in der Sonne sitzen kann. Hier trifft man Deutsche, die den Winter in der Heimat ebenfalls nicht mögen und bei reichlich Bier über das Wetter sprechen. Am Abend sitze ich dann auf dem Balkon und sehe mir den Sonnenuntergang an. Petermann würde mich fragen:

„Warum lernst du denn in Spanien keine Frau kennen? Da laufen doch nicht nur Männer rum."

Ich könnte nur hilflos mit der Schulter zucken und antworten: „Weiß ich auch nicht."

Spätestens Mitte Februar fahre ich nach Deutschland zurück, muss mich durch den Schnee der Pyrenäen kämpfen, was mir aber bei vorsichtiger Fahrt Spaß macht. So war es auch im Februar 2022. Es war der 20. Tag des Monats, als ich wieder in Bad Breisig landete. Da hatte der Krieg in der Ukraine gerade begonnen. Ich haderte mit meiner Rückkehr, dachte, es wäre wohl besser gewesen, in Spanien zu bleiben. Bei einem europäischen Flächenbrand, der nicht auszuschließen war, schien mir die iberische Halbinsel weit vom Schuss zu sein. Kaum zu Hause angekommen, fuhr ich den Computer hoch und buchte mit RyanAir einen billigen Flug nach Teneriffa. In drei Tagen würde ich wieder fort sein.

In dem Haus, wo ich wohne, war es seltsam still. Die meisten Mieter waren weg, bei dem Gang die Treppe hoch hatte ich an einer Tür ein Warnschild entdeckt ‚Bin in Quarantäne'.

Um die Einsamkeit zu überbrücken, fuhr ich schon am ersten Abend nach unten zur Rheinpromenade, wollte im ‚Anker' ein Bier trinken. Aber da ich weder geimpft, geschweige denn geboostert bin, wies man mir wegen der herrschenden G-Regeln die Tür. Zum Boostern kann ich nur sagen: Ich hasse dieses Wort, von dem alle Welt spricht. Eigentlich benutzt man es in der Raketentechnik. Raketen werden geboostert, also weiterentwickelt, damit sie höher und länger fliegen. Für mich klingt ‚boostern' so wie verarscht werden. Die Politiker im Einklang mit den immer reicher werdenden Pharmakonzernen würden es nicht bei einer dritten Impfung belassen wollen. Mit Hinweis auf die nächste drohende Coronawelle würde man zu einer vierten und fünften Impfung genötigt werden. Dann hätten die Virologen, diese Geißeln der Menschheit, wieder eine neue Mutante entdeckt, angeblich gefährlicher und ansteckender als die vorige. Dass es wegen der Impforgie zu schweren Krankheiten und auch Todesfällen kam, wurde von den Medien geflissentlich verschwiegen.

Als ich am zweiten Tag mittags zum Aldi fuhr, um mir ein paar Lebensmittel zu kaufen, hielt gerade ein Pizzabote vor dem Haus, ging die Treppe zur Haustür hoch, klingelte. Der Summer ertönte. Der Mann drückte die Tür auf, verschwand mit seiner Box im Flur. Wahrscheinlich war die Pizza für den Mieter in Quarantäne.

13

Aber wie erstaunt war ich, als ich am Abend in der Wohnung nebenan ein dumpfes Poltern vernahm. Danach war eine Weile Stille, dann hörte ich deutlich jemanden schimpfen. Es war Petermanns Wohnung.

Ich konnte meine Neugierde nicht beherrschen. Ich klingelte nebenan, lauschte auf Schritte, die näher kamen. Die Tür wurde geöffnet. Es war tatsächlich Petermann.

Ich erschrak. Wie sah er aus! Er war abgemagert, zitterte am ganzen Körper, Blut lief ihm über die Stirn. „Ach, du bist es", sagte er mit brüchiger Stimme. „Komm ruhig rein!"

Ich folgte ihm durch den Flur. Mit unsicheren Schritten ging er vor mir her. Das Wohnzimmer sah verwahrlost aus.

Auf dem Teppich stapelten sich ungeöffnete Pizzakartons. Den Couchtisch umgaben ganze Batterien leerer Weinflaschen. Den Couchrand entlang lagerten leere Flaschen von Portwein, Wodka und Melissengeist. Bierdosen lagen verstreut irgendwo auf dem Teppich.

„Mein Gott, was ist passiert?" fragte ich. „Was machst du?"

Er wischte sich mit dem Ärmel Blut von der Stirn. „Bin eingeschlafen, dann umgekippt und mit der Stirn gegen die Heizungskante gefallen."

„Und das hier?" Ich zeigte auf die Flaschen.

„Bin seit zwei Wochen zurück und musste einfach saufen."

„Und Marly?"

„Ist in Brasilien geblieben. Sie muss sich um das Haus kümmern. Es wird renoviert. Mir haben die Brasilianer das Visum nicht verlängert. Nach drei Monaten musste ich raus. Viermal saß ich stundenlang bei der Policia Federal, hatte alle für die Verlängerung notwendigen Papiere von einem akkreditierten Dolmetscher ins Portugiesische übersetzen lassen. Rentenbescheinigung, Geburtsurkunde, Nachweis der Krankenversicherung,

Nachweis eines festen Wohnsitzes, brasilianische Telefonnummer, brasilianisches Konto, Buchung eines Rückfluges. Ein polizeiliches Führungszeugnis war von Deutschland aus unterwegs. Nichts half. Jedes Mal haben sie mir meinen Pass ohne den Stempel einer Verlängerung zurückgegeben und mir ein weiteres Formular zum Ausfüllen in die Hand gedrückt. Warum haben die sonst so lockeren Brasilianer das gemacht? Wegen der dummen, arroganten deutschen Diplomatie. Die Deutschen haben nämlich wegen Corona einen Einreisestopp für Brasilianer erlassen, und die Brasilianer haben sich bei mir schlicht revanchiert."

„Hättest du nicht in ein anderes Land fliegen können und dann wieder einreisen?" fragte ich. „Nach Argentinien zum Beispiel oder nach Uruguay?"

„Nein. Ich hätte erst nach 180 Tagen zurückkommen dürfen. Diese Regelung haben zuerst die Deutschen für Brasilianer eingeführt. Die Brasilianer machen es jetzt genauso mit den Deutschen. Also erst in einem halben Jahr kann ich wieder nach Brasilien fliegen. Fucking Germans! Teilen arrogant die ganze Welt in Risiko-, Hochrisiko- und Mutantengebiete ein und erlassen schlimme Regeln! Die Brasilianer haben keine G-Regeln und keine Kontaktbeschränkungen. Auch keine Impfpflicht. Die wird es da nicht geben. Bei unserer Ankunft in Rio hatte Brasilien eine Inzidenz von 18. Deutschland lag schon bei über tausend. Nun ja, ich fliege also alleine zurück nach Frankfurt, komme hier an und mich trifft der Kulturschock. Ein Scheißwetter, grau, dunkel, nass, kalt und stürmisch. Die Menschen, die man hier sieht, wirken meist ebenso grau und depressiv. Ein irrer Kontrast zum bunten, lebendigen, quirligen Rio. Im Fernsehen quatschen sie unentwegt vom Impfen und Boostern. Im Briefkasten lag die Aufforderung des Gesundheitsamtes, mich boostern zu lassen. Zweimal geimpft war ich wegen der angeblichen Reisefreiheit ja schon. Ich wollte mich mit einem Breisiger Freund zu einem Bier in der Kneipe ‚Alt Breisig' treffen, erfahre aber von seiner Frau, dass er nach dem Boostern ins Koma gefallen und auf der Intensivstation verstorben ist. Man hat seine Frau noch nicht einmal zu ihm gelassen. Unmenschlich! Ich fahre mit dem Taxi allein zum ‚Alt Breisig', werde aber hinausgeworfen, weil ich nicht geboostert bin. Ein paar Tage hockte ich alleine hier in der Wohnung. Alles still, niemand da. Diese Einsamkeit ist tödlich. Jetzt kommt auch noch der Krieg in der Ukraine dazu. Wer weiß, eine nukleare Drohung schwebt über Europa. Die Welt ist wie ich aus den Fugen. Vor allem aber fehlt mir Marly, und ich war zornig, dass sie nicht mit mir zurückgeflogen ist. Vom Duty Free in Rio hatte ich noch eine Flasche Pirassununga Cachaça "51", brasilianischen Zuckerrohr-schnaps. Die habe ich ausgetrunken, bin danach mit dem Taxi zur Tankstelle, um Nachschub zu holen. So ging das ein paar Tage weiter, bis ich kaum noch die Treppe runterkam. Da habe ich immer bei der Pizzeria angerufen, eine Pizza bestellt und zwei Flaschen Chianti. Die Pizza liegt hier. Die Flaschen sind leer. Ich weiß im Moment nicht, wie ich von dem Saufen loskomme. Es will nicht gelingen. Der Druck ist stärker. Schon am frühen Morgen beginnt das. Nachts schlafe ich sowieso kaum. Dazu kommen stangen-weise Zigaretten. Du musst gar nichts sagen. Ich weiß, das ist ein Selbstmordtrip, eine Spirale abwärts."

14

„Dir sage ich das so schonungslos", fuhr Petermann fort. „Warum sollte ich es verschweigen? Du siehst ja meinen Zustand. Ungeöffnete Post stapelt sich auf meinem Schreibtisch. Rechnungen. Irgendwann stellen sie mir den Strom ab. Und auch die Heizung funktioniert dann nicht mehr. Habe ja wie du diese Nachtspeicheröfen. Ich wollte den Entzug versuchen, habe mir von meinem Hausarzt ein Rezept schicken lassen. Haloperidol, ein starkes Psychopharmakon. Mit dem Taxi bin ich zur Apotheke, habe es gekauft. Aber als ich zu Hause den Beipackzettel mit den Nebenwirkungen gelesen habe, einen Meterfünfzig lang war der und beidseitig bedruckt, habe ich keinen Tropfen davon genommen. Richtig gegessen habe ich auch nicht mehr. Habe einfach keinen Appetit."

„Was ist mit Marly?" fragte ich. „Telefoniert ihr wenigstens?"

„Zur Zeit ist Funkstille. In meinem Saufkopf ist mir ein schlimmer Fehler unterlaufen. Ich wollte an einen Freund eine SMS schicken mit dem Text: ‚Marly muss schwer aufpassen. Es gibt auch noch andere schöne Frauen.' Was mache ich Idiot? Ich schicke diese SMS versehentlich an Marly. Natürlich gibt es für mich keine anderen schönen Frauen. Die gehen ja alle laufen, wenn sie mich so sehen. Außerdem will ich nur Marly. Aber besoffen ist man einfach nur blöd."

„Ich würde dir gerne Gesellschaft leisten", sagte ich. „Aber ich fliege morgen nach Teneriffa. Mir gefällt das hier auch nicht. Du könntest mitkommen. Vielleicht ist noch ein Platz in der Maschine frei."

„Nein, nein, ich bleibe hier. Bin nicht flugfähig. Gesellschaft leisten? Wie denn? Willst du dir das Elend angucken? Schach können wir auch nicht spielen. Meine Hände zittern so, dass ich die Figuren auf dem Brett umschmeiße. Ich kann noch nicht einmal eine Tasse Kaffee trinken, ohne dass ich den Inhalt verschütte. Am besten gehst du jetzt auch wieder. Wenn du etwas für mich tun willst, fahre zum Rossmann und kaufe zwei große Flaschen Melissengeist. Das Geld gebe ich dir."

„Melissengeist? Der hat doch 90% Alkohol!"

„Ich verdünne ihn mit Wasser. Gehe auch bitte nach nebenan zum Aldi und kaufe zwei Sixpack ‚Bitburger', drei

Flaschen Portwein und eine Flasche Wodka. Dieser laffe Chianti reicht mir nicht."

Petermann ging mit unsicheren Schritten zur Garderobe, nestelte in einer Jackentasche, zog eine Brieftasche heraus, gab mir zwei Fünfzigeuroscheine.

„Müsste reichen", sagte er. „Bitte mach' es und halte mir keine Predigt! Es ist mein freier Wille weiterzusaufen. Nach einer Flasche Portwein werde ich etwas ruhiger."

„Ich würde dich lieber in eine Klinik zum Entzug bringen", antwortete ich. „Oder zu den anonymen Alkoholikern."

„Bloß keine Klinik! Und eine Labergruppe erst recht nicht."

„Wie du willst!" meinte ich resignierend. „Mach ich es nicht, wirst du dir das Zeug telefonisch bestellen und liefern lassen. Zur Zeit haben die Supermärkte ja wegen Corona und Quarantäne diesen Service."

Kopfschüttelnd und etwas ratlos verließ ich seine Wohnung, holte den Wagen aus der Garage, fuhr erst zum Rossmann, kaufte dann bei Aldi ein. An der Kasse schämte ich mich etwas, konnte aber nicht sagen: „Das ist nicht für mich."

15

Ich kaufte ein, wie Petermann es gewünscht hatte, lieferte die Sachen bei ihm ab.

„Flieg du ruhig Morgen nach Teneriffa und lasse mich heute Abend allein", sagte er. „Ich muss nachdenken."

„Nachdenken", dachte ich. „So nennt er das."

„Du kannst ruhig in meiner Gegenwart trinken", gab ich zurück. „Etwas Gesellschaft tut dir gewiss gut."

„Nein", antwortete er. „Ich möchte alleine sein."

„Wie du willst! Aber mache bitte keinen Blödsinn!" Insgeheim überlegte ich: „Hoffentlich bringt er sich nicht um. Er hat ja dieses Haloperidol und genügend Alkohol. Das reicht für drei Suizide."

Am Abend war es seltsam still in seiner Wohnung. Selbst wenn ich das Ohr an die Wand legte, hörte ich nichts. Einmal aber war ich vor dem Fernseher eingeschlafen, hatte nichts mitbekommen. Ich machte mir Sorgen. Düstere Gedanken kreisten in meinem Kopf. Ich sah Petermann tot auf dem Sofa liegen. Ich klingelte. Niemand öffnete. Schließlich hielt ich es nicht mehr aus, rief den türkischen Schlüsseldienst in Bad Breisig an. Ich kannte den Mann, einen sehr hilfsbereiten, freundlichen Menschen, der mir einmal meine eigene Wohnungstür für nur zwanzig Euro mit einer Plastikkarte geöffnet hatte. Ich hatte meinen Schlüssel drinnen liegen gelassen. Ich erzählte dem Türken von meiner Ahnung, sagte, dass ich einen Großeinsatz von Polizei und Feuerwehr vermeiden wollte. Nach einigem Zögern stimmte er zu und kam. In nur einer Minute hatte er die Tür geöffnet. Das Schlimmste erwartend gingen wir in die Wohnung. Petermann war nicht im Wohnzimmer, auch nicht im Schlafzimmer, ebenso nicht in der Küche und im Bad. Petermann war weg. Die Getränke, die ich gekauft hatte, standen noch auf dem Couchtisch. Nur eine Flasche Melissengeist fehlte.

„Uii! Der hat aber hier gehaust", kommentierte der Türke beim Anblick des Wohnzimmers. „Jetzt sitzt er bestimmt in einer Kneipe."

„Kann er nicht", sagte ich. „Der ist nicht geboostert und wird rausgeworfen."

„Vielleicht sitzt er im Wald in der Grillhütte", überlegte der Mann vom

Schlüsseldienst, „und säuft da, weil er mal eine andere Umgebung sehen will."

„Möglich. Aber mein Nachbar liebt die Wärme. Der setzt sich nicht bei diesem Sauwetter nach draußen."

Ich gab dem Türken zwanzig Euro. „Dann viel Spaß bei der Suche!" verabschiedete er sich.

Ich nahm eine Taschenlampe, wanderte in der Dunkelheit zur Grillhütte. Aber da war niemand. Ich fuhr nach unten zur Rheinpromenade. Vielleicht saß er auf irgendeiner Bank, trank sich Mut an und wollte ins Wasser gehen. Aber auch am Rhein fand ich ihn nicht. Ich schlief schlecht in der Nacht. Am nächsten Morgen begab ich mich mit sorgenvollen Gefühlen zum Köln/Bonner Flughafen, um nach Teneriffa zu fliegen. Einen ganzen Monat wollte ich dort bleiben. Vielleicht würde mich Petermann wenigstens anrufen und sagen, was los war.

16

Auf Teneriffa war es die übliche Langeweile, wenn man alleine herumgeistert. Ich saß draußen vor einem Café, abends für ein Bierchen in einer Kneipe. Ich erfreute mich nur an der Sonne und der Wärme, stellte mir zum Gegensatz dazu das Wetter in Deutschland vor. Der deutsche Wetterbericht gehört zur Lieblingssendung geflohener Rentner. Die Bekanntschaft einer netten Dame zu machen, gelang mir mal wieder nicht. Entweder war ich zu doof, zu schüchtern oder zu ängstlich, mir einen Korb zu holen. Wohl sah ich manche hübsche Frau in etwa meinem Alter alleine an einem Tisch sitzen, aber ich wagte keine Annäherung. „Entschuldigung! Haben Sie Feuer? Ich habe mein Feuerzeug vergessen." – „Ach, ist das nicht ein herrliches Wetter! Wie schön, dass wir hier in Spanien sind." – „Glauben Sie, dass der Russe auch hierhin Raketen schickt? Nein, nicht wahr. Die fliegen doch eher nach Berlin." – „So etwas wie Sie habe ich mir schon immer gewünscht. Gehen Sie heute Abend mit mir essen? Ich lade Sie ein." Die letzte Bemerkung ist natürlich ein Scherz. Und ob die anderen funktionieren würden, bezweifle ich. Das geht doch eher durch aufmerksame und neugierige Blicke von Tisch zu Tisch. Bis endlich der Mann oder die Frau aufsteht, kommt und fragt: „Darf ich mich zu Ihnen setzen?" Aber auch das geschah nicht und auch kein Unfall mit dem Wägelchen im Supermarkt, wo man jemanden umfährt und sich mit der Einladung zu einer Tasse Kaffee entschuldigt. Auch würde ich im Kaufhaus die Rolltreppe ewig hochfahren können, ohne dass eine vor mir stehende Dame aus der Balance geriet und rückwärts in meine Arme fiel. Abends an der Kneipentheke standen in der Regel nur Kerle. War eine Frau da, war sie in Begleitung. „Francesco", beschimpfte ich mich manchmal selbst, „du bist einfach zu blöd, ein nettes Weib kennenzulernen."

Petermann rief nicht an. Ich selbst startete einige Anrufe, hörte aber immer nur: „Kein Anschluss unter dieser Nummer." Was war passiert? Die seltsamsten Spekulationen wanderten durch meinen Kopf. War er in den Wald gegangen und hatte sich aufgehängt? War ihm im Suff das Handy in die Toilette gefallen? Hatte es auf dem Boden gelegen und er war darauf getreten? Wollte er mit niemanden mehr sprechen, hatte sich absolut eingeigelt, isoliert? War er im Delirium Tremens in einer Klinik gelandet und hatte Kontaktverbot? Im Geiste sah ich ihn an Schläuchen auf einer Intensivstation um sein Leben ringen. Oder hatte ihn gar Corona hinweggerafft? Beunruhigend war das alles. So heruntergekommen, wie ich ihn gesehen hatte! Was stellt man im Delirium Tremens nicht für einen schizophrenen Unsinn an! Vielleicht auch hatte er sich besoffen ins Auto gesetzt und einen schlimmen Unfall gebaut. Alle Anrufversuche blieben vergebens. Marlys Nummer hatte ich nicht, wusste noch nicht einmal ihren Nachnamen. Den in Quarantäne steckenden Hausbewohner anzurufen und in Alarm zu versetzen, davor scheute ich zurück. Falls alles wider Erwarten in Ordnung war, würde Petermann mir das nicht verzeihen. Ebenso widerstrebte es mir, den Vermieter anzurufen und zu fragen, ob nebenan alles gut wäre. Hätte er doch wenigstens noch eine Mutter gehabt oder einen Vater. Da hätte ich diskret nachfragen können. Ob er Geschwister hatte, wusste ich nicht. Wir haben nie darüber geredet. Das war ein Thema für Frauen. Wir haben nur Schach gespielt und uns über Frauen unterhalten.

17

Kurzum: Nach etwa drei Wochen, am 18. März, war ich an einem Freitagabend wieder zu Hause. Die Reisetasche noch in der Hand klingelte ich bei Petermann. Wie erstaunt war ich, als ich Schritte hörte und die Tür geöffnet wurde. Und noch erstaunter war ich, als ich meinen Nachbar vor mir sah. Er sah aus wie das blühende Leben, vollständig erholt, zitterte nicht mehr, hatte ein paar Kilo zugelegt, so dass er nicht mehr vergrämt und ausgemergelt aussah. Dazu war er ordentlich gekleidet, hatte keine Zahnpasta- und Rotwein- flecken mehr auf dem Pullover.

„Ach, schön!" sagte er. „Zurück von den Kanaren. Komm rein!"

Ich folgte ihm ins Wohnzimmer. Es war aufgeräumt. Keine Pizzakartons lagen auf dem Teppich, keine Flaschen standen herum.

„Was ist passiert?" fragte ich. „Was hast du gemacht?"

Er ging zu seinem Bücherregal, zog ein Buch heraus, gab es mir. Ich las den Titel. ‚Einmal Hölle und zurück'. Es war die Lebensbeichte eines berühmten Fußball- reporters, der einer gnadenlosen Spielsucht verfallen war und bei Pferdewetten alles verloren hatte. Geld, Frau, Freunde.

„Das war ein notwendiger Warnschuss", erzählte Petermann. „Würde ich so weiter machen, verlöre ich alles. Auch Marly, die ich nie im Leben verlieren darf. Ich hatte es schon gelesen, als du damals aus Spanien zurückgekommen warst und bei mir geklingelt hast. Aber da habe ich den Alkohol noch nicht stoppen können. Die Droge hockte mir wie ein kleines oder auch großes Monster auf der Schulter und schrie: ,Gib mir was zu trinken!' Von früher wusste ich, dass ich immer den Punkt finde, von dem aus ich den Absprung schaffe und eine Zeit lang nichts mehr trinke. Aber dieses Mal war es anders. Ich stand dicht am Abgrund, erwischte alleine den Punkt nicht mehr. Nachdem du gegangen warst, habe ich Annalena angerufen. Das ist die, die mit dem blauen Wagen gekommen ist. Du hast es ja beobachtet. Ich habe ihr gesagt, unsere Feindschaft macht keinen Sinn. Mir geht es übel. Ich brauche weibliche Gesellschaft. Sie ist gekommen, hat mich zu sich mitgenommen. Anfangs wollte sie mich auch in die Klinik bringen. So schlimm muss ich gewirkt haben. Aber ich habe mich dagegen gesträubt, gemerkt, wie gut es mir tat, bei ihr zu sitzen und mit ihr zu reden. Geschlafen habe ich auf dem Sofa, sie in ihrem Schlafzimmer. Zu irgendeiner erotischen Handlung war ich auch gar nicht fähig. Ein paar Tage bin ich dageblieben. Sie hat mit mir geredet, für mich gekocht. Der Appetit kam langsam wieder. Getrunken habe ich am ersten Abend nur ein paar Dosen Bier. Dazu ein paar Gläschen verdünnten Melissengeist. Sicher, auch das war zu viel. Aber dieses Monster auf meiner Schulter schrie unentwegt. In der zweiten Nacht habe ich zu dem Monster gesagt: „Ich töte dich. Du bist erledigt." Die ganze Nacht bin ich wachgeblieben, habe nachgedacht, über den Alkohol meditiert, in Gedanken dem Monster den Hals umgedreht, bis es sich nicht mehr gerührt hat. Am nächsten Tag dann kalten Entzug. Es war schwer. Das Monster war doch noch nicht tot. Es krümmte sich noch. Am zweiten Tag zappelte es weniger, fing am dritten aber wieder verstärkt an. Ich war unruhig, habe den Entzug aber durchgehalten, bis es am fünften Tag besser war. Das Monster hing jetzt ziemlich leblos auf meiner Schulter. Ein erstes Wohlgefühl, eine erste Stärke stellte sich ein. ‚Das ist die Belohnung für deinen Sprung weg vom Alkohol', dachte ich. ‚Bleibe dabei! Denke an dieses Wohlgefühl und nicht ans Trinken!' Mit Annalena und zwei anderen Frauen begann ich wieder Tennis zu spielen. Der Anfang war grauenvoll. So hatte ich mich körperlich ruiniert. Viele Bälle traf ich nicht, schlug sie ins Netz oder ins Aus. Aber mir war klar, du findest zu der alten Stärke zurück. Gehe den jetzt eingeschlagenen Weg weiter, halte durch. Annalena war ich dankbar. Ich glaube, sie hat mich gerettet."

„Warum konnte ich dich telefonisch nicht erreichen?" fragte ich. „Ich habe mir Sorgen gemacht."

„Oh, das mit der Telefonnummer ist eine andere Geschichte."

18

„Ich muss dazu etwas weiter ausholen. Marly und ich waren einmal in der Weinstube bei dem singenden Wirt. Wir saßen an einem Tisch mit einer freundlichen, älteren Dame. Hedwig heißt sie. Wir unterhielten uns, tauschten schließlich Telefonnummern aus. Es kam dazu, dass sie fast täglich über WhatsApp SMS an uns schrieb oder anrief. Auch nach Brasilien. Sie schien einen Narren an Marly gefressen zu haben. ‚Meine Amiga, meine Amiga'! Dagegen ist nichts zu sagen. Indes trifft sich auch manchmal Annalena mit ihr in der Weinstube. So kam es, dass Hedwig mich, da war ich schon in der Entzugsphase, anrief und fragte: ‚Hast du wieder Kontakt mit Annalena?' – ‚Ja', antwortete ich. Aber wir spielen nur Tennis. Sage bitte nichts Marly davon. Beunruhige sie nicht!' Aber was macht diese Tratschtante? Ruft Marly an und übertreibt wahrscheinlich auch. ‚Der Klaus ist wieder mit der Annalena zusammen.' So oder so ähnlich könnte es gewesen sein. Marly hat weitgehend darüber geschwiegen, hat mir aber gesagt, dass sie über den Kontakt Bescheid wüsste. ‚Mach dir bloß keine Sorgen!' versuchte ich sie zu beruhigen. Hedwig erzählt jeden Mist weiter und übertreibt. Du kannst gerne die Probe machen. Sage, dass du erst einmal nicht nach Deutschland fliegst, sondern in Rio Karneval feierst. Und bitte sie, mir bloß nichts davon zu erzählen.' Das hat Marly gemacht und noch am selben Tag rief mich Hedwig an, um mir davon zu berichten. Da habe ich den Chip von meinem Handy ausgewechselt, weil ich mit dieser Tratscherei nichts zu tun haben will. Marly kennt natürlich die neue Nummer. Bei dir aber muss ich mich entschuldigen. Ich wusste nicht, dass du dir Sorgen machst."

„Schon gut", sagte ich. „Ist ja nichts passiert. Ich freue mich, dass du wieder der alte bist, den Sprung geschafft hast. Bleibe bitte dabei! Kommt Marly zurück trotz der brenzligen Lage in Europa? In Brasilien wäre sie doch in Sicherheit."

Ein Lächeln erschien auf Petermanns Lippen. „Sie ist jetzt gerade über dem Atlantik. Von Rio fliegt sie mit LATAM, der lateinamerikanischen Linie, nach Mailand. Von dort mit Lufthansa nach Frankfurt. Ich fahre Morgen hin, warte am Flughafen auf LH 253 aus Mailand-Malpensa. Ich bin schon richtig aufgeregt und freue mich. Endlich, endlich ist sie wieder da. Ohne sie war es nicht auszuhalten. Du glaubst gar nicht, wie gut es mir bei dem Gedanken geht, sie wieder im Arm zu haben."

„Doch glaube ich. Ich sehe es dir an. Deine ganze depressive Stimmung ist verflogen. Fast könnte ich neidisch werden, weil bei mir in dieser Hinsicht nichts klappt."

Petermann grinste. „Warte es ab! Im April bekommen wir Besuch von einer Freundin Marlys. Giovanna heißt sie, ist ein paar Jahre jünger als du, temperamentvoll und recht hübsch. Wir haben den Besuch in Rio vereinbart. Sie wohnt auch da, hat ein Haus in Ipanema. Ihr werdet euch natürlich kennenlernen, ganz unverkrampft und zwanglos. Schließlich gehörst du zu unserem Grillabend dazu. Den einen Monat wirst du ja noch solo aushalten können. Garantieren kann ich natürlich für nichts."

19

Bei dem Gedanken an die Begegnung mit Giovanna begann mein Herz etwas schneller zu schlagen und ein nervöses Gefühl stellte sich ein, von dem ich nicht wusste, ob es angenehm oder unangenehm war. Petermann bemerkte, wie ich die Stirn in Falten legte und nachzudenken schien. Ich dachte aber nicht nach. Da war einfach nur dieses Gefühl. War es eine ängstliche

Vorfreude? Eine Hoffnung, doch noch eine Frau zu finden? Ich wusste es nicht. Petermann, der sich schon etwas in meiner Psyche auskannte, lachte und sagte:

„So, so! Es scheint dir nicht ganz geheuer zu sein. Du hängst wohl doch noch an deiner Unabhängigkeit, an deinem Junggesellendasein. Aber wenn du so weitermachst, wird aus dir ein verschrobener Hagestolz. Wie bei dem Philosophen Schopenhauer, der lieber über komplizierte Dinge nachdachte, statt ein Weib in den Arm zu nehmen. Aber mach' dir keine Gedanken. Es ist zunächst nur die Einladung zu einem Grillabend."

Aus Neugierde fragte ich: „Hast du ein Foto von ihr?"

„Nein, ich nicht. Aber Marly hat bestimmt eins. Es ist jedoch besser, du fragst sie nicht danach. Sonst geht das Ganze in eine Richtung, die vielleicht gar nicht zutreffend ist und die Unbefangenheit geht verloren."

„Okay!" stimmte ich zu. „Aber der Gedanke an die Begegnung macht mich etwas nervös."

„Du übertreibst. Es ist zunächst nur ein gemeinsames Essen."

Am nächsten Morgen sah ich vom Balkon aus, wie Petermann in den Minicooper stieg, um nach Frankfurt zu fahren. Vor drei Wochen hätte ich das bei seinem Zustand noch für unmöglich gehalten. Da konnte er noch nicht einmal auf einer geraden Linie durch den Flur gehen. Jetzt war er wie ausgewechselt.

„Ich habe Annalena viel zu verdanken", hatte er gesagt. „Ohne sie wäre es auf der Spirale wahrscheinlich abwärts gegangen und ich hätte Marly nie wieder gesehen. Annalena bleibt die Freundin und Marly ist die Herzensgeliebte. Aber dazu müssten sich die beiden Frauen vertragen. Ich hoffe, dass das klappt. Sonst gibt das immer wieder Unruhe. Nun ja, zumindest werde ich mit Annalena weiter Tennis spielen können. Damit ist Marly schon einverstanden."

„Damit ja", wandte ich ein. „Aber nicht unbedingt mit anderen Treffen. Immerhin hattest du vor ihr ein Verhältnis mit Annalena. Und sogar gleichzeitig mit zwei Frauen."

„Diese Kapitel sind vorbei. Ich spiele nicht mehr mit der Liebe."

Am Abend, an diesem Samstagabend, hielt ich mich zurück, klingelte nicht nebenan. Der Musik, die durch die dünnen Wände kam, und den fröhlichen Stimmen von drüben entnahm ich, dass Marlys Rückkehr gelungen war. Ich sah die Beiden erst am nächsten Tag, als sie mich am Nachmittag zu einer Tasse Kaffee eingeladen haben. Marly sah noch schöner aus als zuvor. So schien es mir jedenfalls. Sie hatte eine flotte Frisur, die Wimpern waren lang, die Augen strahlten. Sie trug ein rotes Kleid, das fast bis auf die Füße fiel und bewegte sich, irgendein Lied summend, gut gelaunt durch die Wohnung. Auch Petermann war fröhlich, lächelte oft, wirkte völlig entspannt und ausgeglichen. „Was für ein Unterschied von vor drei Wochen!" dachte ich. „Was so ein Absprung vom Alkohol bewirken kann! Was wäre gewesen, wenn er so weiter gemacht hätte!?"

20

Und dann fragte ich Marly doch. Nicht direkt, sondern mehr durch die Hintertür.

„Hast du Fotos von Brasilien? Von deinem Haus, von der Umgebung, von Rio, von der Copacabana, vom Zuckerhut und dem Christus, der über der Stadt mit ausgebreiteten Armen wacht?"

Ich hoffte, dass dazwischen auch eine Aufnahme von Giovanna wäre.

„Aber ja. Viele."

Sie holte ihr Handy, rückte ihren Stuhl neben mich, blätterte durch ein Fotoalbum. Petermann warf mir einen skeptischen Blick zu. Er hatte mich durchschaut. Zuerst kamen Aufnahmen von ihrem Haus im portugiesisch-spanischen Stil, mit den einladenden Rundbögen zur Terrasse hin, mit dem Kaminzimmer, dem Grillraum, dem Swimmingpool, dem Garten mit all seiner Blütenpracht, dem Blick von einem der Balkone auf den Atlantik. Und dann kamen die Aufnahmen von der Copacabana, von dem quirligen, lebendigen Treiben, was unschwer auch auf einem statischen Foto zu erkennen war. Und dann, ja dann kam jenes Bild, auf dem am Strand Petermann seinen Arm um eine andere Frau, die einen superknappen Tanga trug, gelegt hatte.

„Dein Klaus hat zwei Frauen!" bemerkte ich scherzhaft.

„Nein. Das ist Giovanna, eine Freundin von mir. Sie kommt uns übrigens nächsten Monat besuchen."

„Ach ja?" sagte ich beiläufig, dachte aber in Wirklichkeit: „Oh, was für ein heißer Ofen!" und forderte Marly auf weiterzublättern. Es sollte nur ein unauffälliger, eher uninteressierter Blick sein. Petermann hatte natürlich auch dieses Manöver durchschaut, hob mahnend, als Marly auf ihr Handy blickte, den Zeigefinger.

„Das nächste Mal kannst du mit nach Rio kommen oder uns irgendwann, wenn du willst, besuchen", lud Marly mich ein. „Du musst ja nicht immer nach Spanien fahren. Wechsel mal den Kontinent! Ist vielleicht gerade jetzt gut. Die Lage in Europa könnte kritisch werden. In Brasilien bist du sicher. Unser Präsident Bolsonaro, den ich nicht unbedingt mag, versteht sich gut mit Putin. Zwar hat er der jüngsten UN-Resolution gegen Russland zugestimmt, betont aber zugleich immer wieder die Neutralität Brasiliens. Er verwirrt damit, wahrscheinlich aus Absicht, die anderen Diplomaten. Auf Brasilien wird jedenfalls keine Bombe fallen."

„Ja, gerne", nahm ich die Einladung an. „Wie sind denn die Temperaturen im Winter?"

„Winter gibt es da nicht. Rio liegt subtropisch. Wenn ihr hier friert, ist es da angenehm warm. So etwas wie Winter, eine etwas kältere Jahreszeit, gibt es nur im Süden Brasiliens. Das ist, wenn ihr Sommer habt. Habt ihr Winter, ist es dort ziemlich heiß."

In Gedanken tauschte ich schon meine jährliche Fahrt nach Spanien gegen einen Flug nach Rio.

21

Die nächsten Tage vergingen recht kurzweilig. Ich bereute es nicht, noch im Winter von Teneriffa zurückgekommen zu sein. Ich spielte mit Petermann täglich Schach, gewann zwar selten, aber die Niederlagen störten mich nicht. Der Alkoholexzess hatte seinem Spiel nicht geschadet. Er hatte noch genügend funktionierende Gehirnzellen. Marly kochte täglich, beherrschte mit ihrer Kunst deutsche wie auch brasilianische Rezepte. Es stellte sich eine angenehme Regelmäßigkeit ein. Jeden Mittag war ich zum Essen eingeladen. Marly machte es offensichtlich Spaß, zwei Männer zu versorgen.

„Beneidenswert", bemerkte ich einmal zu Petermann. „Da hast du ja eine richtige Perle gefunden. Geliebte und brillante Köchin zugleich."

„So, so", meinte er. „Das ist aber noch längst nicht alles. Aber darüber schweigt des Sängers Höflichkeit."

Der April kam. Noch zwölf Tage bis zu Giovannas Ankunft. Eine merkwürdige Spannung baute sich in mir auf. Ich versuchte, nicht an dieses Ereignis zu denken, wollte einer Enttäuschung vorbeugen. Ab und zu hatte ich meinen Nachbarn mit gespielter Beiläufigkeit ausgefragt.

„Wie alt ist sie eigentlich?"

„62. Sieht man aber nicht. Wenn du es wissen willst, sie ist noch richtig knackig. Das Foto hast du bestimmt nicht vergessen."

„Es geht mich ja nichts an. Ist sie verheiratet oder hat in Rio einen Freund?"

„Als ich in Rio war, keins von beiden. Aber das könnte sich inzwischen geändert haben. So eine wie Giovanna bleibt nicht lange allein. Also stelle dich auf eine nette

Unterhaltung ein und träume nicht im Voraus!"

„Nein, nein!" bekräftigte ich. „War doch nur eine Frage."

„So, so!" sagte er wieder. „Das waren zwei Fragen und beide zusammen ergeben ein rundes Bild deines Wunsches."

Ich schwieg, gab mich geschlagen.

Und dann kam der Tag, an dem Petermann und Marly Giovanna am Frankfurter Flughafen abholten. Ich rechnete mir ungefähr die Ankunft in Bad Breisig aus, ging jedes Mal, wenn ich eine Autotür schlagen hörte, auf den Balkon und lugte vorsichtig über das Geländer.

Um halb sechs kamen sie. Es war noch hell. Zuerst stieg Petermann aus, öffnete den Kofferraum, hob eine Reisetasche heraus. Fast zugleich mit ihm kam Marly aus der Beifahrertür. Und dann mit etwas Verzögerung ging die hintere Tür auf und bescherte mir einen unvergessenen Augenblick. Giovanna war noch attraktiver als auf dem Foto. „Oh Weh!" dachte ich. „Die ist unerreichbar fern." Langes, kastanienbraunes Haar fiel in Wellen bis auf die Schultern. Das Gesicht war schmal und schön, mit leicht vorspringenden ausdrucksvollen Wangen.

Sie war schlank und mindestens 1.70 groß, trug eine schwarze Lederjacke mit Pelzbesatz und ein langes taubenblaues Kleid mit Leggins darunter. Fast hätte ich durch die Lippen gepfiffen, hockte mich aber rasch hinter das Geländer, als sie sich anschickte zum Haus hochzublicken.

22

Ungeduldig wartete ich auf die Einladung zur Grillparty, mit der Giovannas Besuch gefeiert werden sollte. Es half nicht, dass ich mir sagte: „Du Narr, häng nicht solchen Träumen nach! Je verwegener sie werden, desto tiefer ist der Fall in die Realität. Diese Frau hat mindestens fünf Liebhaber in Brasilien und kann sich aussuchen, wen sie will. Außerdem wird die Konversation stockend sein, ein Hindernis für die Annäherung. Sie spricht bestimmt kein Deutsch, sondern nur ihre Muttersprache Portugiesisch und vielleicht Englisch. Du hättest Petermann danach fragen sollen. Dein eigenes Englisch ist das der Schule von vor 52 Jahren. Vergraben und vergessen. Marly wird immer als Dolmetscherin dabei sein müssen."

Aber solche rationalen Einwände halfen nicht. Das Bild, wie sie aus dem Wagen stieg, eine Weile daneben stand und sich dann anschickte zum Haus hochzublicken, hatte sich eingeprägt. Meine Erwartungen galoppierten mit mir davon. Und dann war es am Sonntagnachmittag endlich so weit. Petermann klingelte bei mir. Ich eilte durch den Flur, öffnete. Er stand da, grinste.

„Du bist herzlich eingeladen", sagte er laut und vernehmlich. „Es gibt eine Begrüßungsparty für unseren Besuch. Wir grillen auf dem Balkon."

„Kann ich so gehen?" fragte ich. „Oder soll ich mir was anderes anziehen?"

Ich hatte ein rotgestreiftes Marokko-hemd an, eine nepalesische Hose, wie sie die Sherpas im Himalaya tragen. An meinen Füßen steckten pelzgefütterte, rote Hüttenpantoffel aus Merinowolle, deren Schaft bis weit über die Knöchel reichte. Man nennt sie auch Hausstiefel. Die Zierschleife an den Seiten hatte ich abgeschnitten.

Petermann musterte mich kurz. „Na klar. Brasilianer lieben so etwas. Sei locker

Junge! Du gehst nicht zu einem Opernball."

„Augenblick. Ich hole noch ein paar Flaschen Prosecco aus dem Kühlschrank."

„Lass sein! Wir haben genug. Jetzt komm!"

In meiner Aufregung vergaß ich den Schlüssel, der auf der Kommode im Flur lag. Kaum war die Tür ins Schloss gefallen, da bemerkte ich meinen Fehler.

„Sch…! Jetzt muss der Türke noch mal kommen."

„Welcher Türke?"

„Der vom Schlüsseldienst. Ist mir schon mal passiert, dass ich den Schlüssel in der Wohnung gelassen habe. Der kennt mich schon, kommt auch sonntags."

„Dann ist ja gut. Wir haben zum Schlafen nichts mehr frei. Oder du musst mit dem Teppich neben der Couch vorliebnehmen. Dort kannst du Giovanna schnarchen hören."

Es war ein schöner, sonniger Tag, eine Ausnahme im launischen April. Giovanna begrüßte mich auf dem Balkon, kam mir lächelnd ein paar Meter entgegen, umarmte mich nach brasilianischer Art mit einem Kuss rechts und links auf die Wangen. Es fühlte sich verdammt gut an.

23

Giovanna sprach ein fast perfektes Deutsch.

„Sie arbeitet im deutschen Konsulat in Rio", erklärte mir Petermann, als er meine Verwunderung bemerkte.

Um mein vergessenes Englisch musste ich mir also keine Sorgen machen. Und Marly war vom Dolmetschen befreit. Die Verständigung klappte vom ersten Augenblick an. Es gab überhaupt keine Anlaufschwierigkeiten, kein zögerndes Warmlaufen. Es wurde ein lustiger Nachmittag und ein lustiger, ja romantischer Abend mit Kerzenlicht und Prosecco. Einzig Petermann, dem wohl noch der Schock von seinem Exzess in den Gliedern saß, hielt sich tapfer an Bitburger 0,0. Alkoholfrei. Die Cannabis-Zigarette, die mit Einbruch der Dunkelheit zwischen uns hin und her wanderte, ließ er allerdings nicht aus. Über Corona wurde nicht gesprochen. Auch wenn Lauterbach als Kassandra vom Dienst jetzt schon vor einer kommenden Sommerwelle mit Delta und Omikron gewarnt hatte. Der Krieg in der Ukraine war nur kurz gegenwärtig.

Nur einmal, als die Sprache darauf kam, bemerkte ich:

„Sind beide schuld. Putin und die Europäer. 1989, noch unter Gorbatschow, gab es ein Abkommen, dass sich die NATO nicht Richtung Russland erweitern darf. Die Europäer haben dem zugestimmt. Aber was haben sie später gemacht? Sie haben neue Staaten aufgenommen, Russland nahezu umzingelt. Und dann sollte auch noch die Ukraine dazukommen. Ein verantwortungsloses, dummes, den Krieg provozierendes Verhalten. Jetzt jammern sie herum und fürchten sich. Na ja, lassen wir das. Es trübt einen schönen Abend."

Giovanna lächelte und sagte:

„In Brasilien wärst du in Sicherheit. Wir sind neutral. Bei uns im Konsulat nehmen die Anfragen deutlich zu. Gefragt wird: ‚Was muss ich machen, um eine Permanencia zu bekommen, eine dauernde Aufenthaltserlaubnis?'"

„Ich kenn' in Brasilien aber keinen", meldete ich Bedenken. „Wo soll ich bleiben? Außerdem spreche ich kein Wort Portugiesisch."

„Kann sich doch alles ändern", meinte sie und sah mich lächelnd an.

Ich wusste nicht, ob das ihrerseits ein Signal für Sympathie war. Meinerseits fand ich Giovanna warmherzig, temperamentvoll, hinreißend. Und als das Schlitzohr Petermann sagte: „Giovanna bleibt 16 Tage, möchte viel von der Umgebung sehen. Wir haben nicht immer Zeit. Könntest du das mitübernehmen?" stimmte ich sofort zu.

Es kam so, dass Marly und Petermann gar nichts mit ihr unternahmen. Das überließen sie mit Absicht mir. Die nächsten Tage fuhr ich mit Giovanna alleine in der Gegend herum. Linksrheinisch Sinzig, Andernach, Laacher See, Rolandsbogen mit dem Blick auf Nonnenwerth. Im Rechtsrheinischen Linz, Unkel, Königswinter mit dem Drachenfels und die Erpeler Ley. Ein Wermutstropfen war, dass ich ungeboostert in kein Café durfte. Aber ich fand Abhilfe, verzog mich an einem der Tage mit Giovanna und einem Picknickkorb in die Grillhütte oberhalb der Römertherme. Von hier aus hat man einen wunderbaren Blick auf den Rhein und Niederbreisig mit der Marienkirche. In der Grillhütte ist es dann auch passiert. Wie die Teenager haben wir uns umarmt und geküsst. Die folgende

Nacht hat Giovanna nicht auf Petermanns Couch verbracht.

Petermann grinste dazu und sagte:

„Siehst du, geht doch! Bleib am Ball, Junge! Lass sie nicht mehr laufen!"

„Hast du ja geschickt eingefädelt", meinte ich.

„Nicht nur ich. Du kannst auch Annalena danken. Ohne sie wäre das alles nicht so gekommen. Ohne sie hätte ich den Sprung vom Alkohol weg nicht geschafft und alles wäre den Bach hinuntergegangen."

„Hast du Marly erzählt, dass du ein paar Nächte auf ihrer Couch geschlafen hast?"

Petermann verzog das Gesicht. „Nein, noch nicht. Habe nur Tennisspielen erwähnt. Aber klar, könnte auch das andere erzählen. Ist ja nichts passiert. Die Einsamkeit und alles drum herum war ja nicht mehr auszuhalten. Sie müsste das verstehen. Irgendwann werden sich die Beiden treffen und dann kommt es heraus. Da beuge ich lieber vor. Aber lassen wir dieses Thema. Reden wir lieber von Giovanna und dir. Sie hat durchblicken lassen, dass sie dich gerne mit nach Rio nehmen würde. Vielleicht wird sie das nicht ansprechen. Dann ist es deine Aufgabe, dass es dazu kommt. Willst du überhaupt?"

„Aber ja doch!" antwortete ich. „Zumindest erst einmal für drei Monate. Wann genau fliegt sie zurück? Mit welcher Linie?"

„Am Donnerstag, 28. April, 21.25 Uhr, mit LATAM nach Rio, von Frankfurt aus. Zwischenlandung in São Paulo. Du hast noch drei Tage Zeit."

„Okay!" sagte ich. „Ich versuche mitzufliegen. Ist kein Platz in der Maschine frei, komme ich später."

Ich fuhr sofort meinen Computer hoch, loggte mich auf der Website von LATAM ein. In der Economy waren alle Plätze belegt. Aber in der Premium Business war noch ein Platz frei. 2074 Euro. Ich überlegte nicht lange. Ich hatte schon so viel Geld unnütz auf den Kopf gehauen, da konnte ich mein Konto jetzt ruhig überziehen. Giovanna und Rio waren es wert. Ich buchte, bezahlte mit der Visa-Card, erledigte auch direkt online den Check-In, druckte es aus.

Mein Herz klopfte etwas schneller, als ich Giovanna fragte:

„Würdest du mich mit nach Rio nehmen?"

„Oh ja! Willst du denn?"

„Klar!"

Ich zeigte ihr die Buchung.

„Uffa!" sagte sie. „Wie schön!" Sie umarmte mich, schüttelte den Kopf. „Ich kann es kaum glauben. Du hast mich überrascht."

„Wir sitzen allerdings nicht nebeneinander. Es war nur noch ein Platz in der Business-Class frei."

„Macht nichts. Es ist dieselbe Maschine."

So kam es, dass ich am 28. April abends in der B777-300 saß. Als die Turbinen ansprangen, der Flieger beschleunigte und abhob, musste ich lächeln. „Danke, Petermann", sagte ich. „Für deinen Sprung weg vom Alkohol. Das hast du gut gemacht. Dank auch unbekannterweise an Annalena. Sie hat dir dabei geholfen. Und Dank auch an Marly. Sie hat dich stabilisiert und wieder fröhlich gemacht. Ohne euch Drei wäre mein Abenteuer jetzt nicht möglich."

Ab und zu in der Nacht, als wir über dem Atlantik waren, kam Giovanna, setzte sich auf die Lehne meines Sitzes, der nicht

in einer Reihe war, sondern einzeln am
Gang, und blieb eine Weile. Die
Stewardess hatte nichts dagegen. Auch sie
lächelte.

Nach einem Sturz vom Pferd hat Rüdiger Schneider das Reiten aufgegeben und schreibt nur noch.

Website: www.ruediger-schneider.net
Email: mail@ruediger-schneider.net